Cacao

Biblioteca Amado

Jorge Amado
Cacao

El libro de bolsillo
Biblioteca de autor
Alianza Editorial

Título original: *Cacau*
Traductoras: Rosa R. Corgatelli y Cristina Barrios

Diseño de cubierta: Alianza Editorial
Proyecto de colección: Odile Atthalin y Rafael Celda
Ilustración de la cubierta: Sergio Telles

Reservados todos los derechos. El contenido de esta obra está protegido por la Ley, que establece penas de prisión y/o multas, además de las correspondientes indemnizaciones por daños y perjuicios, para quienes reprodujeren, plagiaren, distribuyeren o comunicaren públicamente, en todo o en parte, una obra literaria, artística o científica, o su transformación, interpretación o ejecución artística fijada en cualquier tipo de soporte o comunicada a través de cualquier medio, sin la preceptiva autorización.

© Herederos de Jorge Amado, 1933,1992
© de la traducción: Rosa R. Corgatelli y Cristina Barrios /
   Emecé Editores, S. A., 2007
© de esta edición: Alianza Editorial, S. A., Madrid, 2009
   Calle Juan Ignacio Luca de Tena, 15;
   28027 Madrid; teléfono 91 393 88 88
   www.alianzaeditorial.es
   ISBN: 978-84-206-6391-3
   Depósito legal: M. 38.120-2009
   Impreso en Efca, S. A.
   Printed in Spain

SI QUIERE RECIBIR INFORMACIÓN PERIÓDICA SOBRE LAS NOVEDADES DE ALIANZA EDITORIAL, ENVÍE UN CORREO ELECTRÓNICO A LA DIRECCIÓN:

alianzaeditorial@anaya.es

*Para
Mária Nícia de Mendonça
Mária Teresa Monteiro
Alves Ribeiro
Da Costa Andrade
João Cordeiro
y Raul Bopp.*

Nota:

Intenté contar en este libro, con un mínimo de literatura y un máximo de honestidad, la vida de los trabajadores de las haciendas de cacao del sur de Bahía.

¿Será una novela proletaria?

J. A.
Río, 1933

Hacienda Fraternidad

Las nubes cubrieron el cielo hasta que empezó a caer una lluvia densa. Ni una pizca de azul. El viento sacudía los árboles, y los hombres semidesnudos temblaban. Gotas de agua rodaban por las hojas y chorreaban de los hombres. Sólo los burros parecían no sentir la lluvia. Masticaban la hierba que crecía frente al depósito. A pesar del temporal, los hombres continuaban el trabajo. Colodino preguntó:

–¿Cuántas arrobas bajaste ya?

–Veinte mil.

Antônio Barriguinha, el arriero, cargó la última bolsa.

–Este año el hombre cosecha ochenta mil…

–¡Cacao del diablo!

–Dinero a manos llenas…

Desataron los burros y Barriguinha los azuzó.

–Vamos, desgraciados…

Los animales empezaron a caminar de mala gana. Antônio Barriguinha los azotaba.

—Burros de mierda… Vamos, caminen de una vez…

Al frente, Mineira, la madrina de la recua, hacía sonar los cascabeles. La lluvia caía en un tremendo aguacero. La casa del *coronel* tenía las ventanas cerradas. Honório, que llegaba de la plantación, bromeó con Barriguinha:

—¡Eh! ¡Mujer de arriero!

—¿Cómo andas, amancebado del podador?

—¿Cómo está tu madre?

—La tuya se está poniendo floja…

La recua, cargada de bolsas de cacao, desaparecía en un recodo del camino. Detrás, Antônio Barriguinha, fuerte y alto, amulatado, azuzaba a los burros con un látigo largo.

Honório subió la cuesta y saludó a Colodino:

—Buen día.

—Un día del demonio. Esta lluvia no se termina nunca.

Y de repente, cambiando de tema:

—Ya bajamos veinte mil arrobas, Honório.

—Entonces Mané Frajelo estará contento.

—Vaya si lo está…

Honório se sentó sobre una piedra que había al lado de Colodino, de espaldas al depósito, que mantenía las puertas cerradas. Enfrente, rodeada por un jardín, hermoso de jazmines y rosales, la casa principal de la hacienda, de ventanas azules y galería verde. En lo alto, un letrero hecho por un pintor barato:

HACIENDA FRATERNIDAD
del coronel Manoel Misael de Souza Telles

Honório se rió con una risa tonta, con sus dientes blancos, magníficos, que contrastaban con la cara negra y los labios gruesos.
—Mané Frajelo.
—Mané el Miserable que lo Saquea Todo.
Honório escupió:
—Mierda Mezclada Sin Condimento.
Se quedaron mirando. Qué grande era la casa del coronel… Y era tan poca la gente que vivía allí… El coronel, la mujer, la hija y el hijo, estudiante, que llegaba en las vacaciones, elegante, grosero, y trataba a los trabajadores como a esclavos. Miraron después sus casas, las casas donde dormían ellos. Se extendían a lo largo del camino. Unas veinte casas de adobe, con techo de paja, anegadas por la lluvia.
—Qué diferencia…
—La suerte la da Dios.
—¿Cuál Dios?… Dios también es para los ricos…
—Sí, es cierto.
—Yo quisiera ver a Mané Frajelo dormir acá.
—Sería divertido.

Colodino encendió un cigarrillo. Honório tomó la hoz para podar los árboles de cacao y contó:

—La plantación de allá detrás del río está cargada de cacao. Un cosechón…

—Este año, el hombre va a recoger unas ochenta mil.

* * *

Nosotros ganábamos tres mil quinientos por día y parecíamos satisfechos. Reíamos y bromeábamos. Sin embargo, ninguno lograba ahorrar un centavo siquiera. El economato se llevaba todo nuestro salario. Los trabajadores, en su mayor parte, debían dinero al coronel y estaban atados a la hacienda. También, ¿quién entendía las cuentas de João Vermelho, el administrador del economato? Éramos casi todos analfabetos. Debíamos… Honório debía más de novecientos mil *réis*, y ahora no podía hacerse tratar de su enfermedad. Un paludismo crónico casi le impedía caminar.

Aun así, salía a las seis de la mañana para podar las plantas de cacao, después de comer un plato de *feijão* con carne seca. Era un tipo curioso ese Honório. Negro, fuerte, alto, peleador, llevaba en la hacienda casi diez años. Un buen compañero, capaz de sacrificarse por los demás. A pesar de que debía mucho, el coronel lo conservaba.

Decían que ya se había encargado de algunas muertes por orden de Mané Frajelo. No sé si es cierto. Sé que Honório era el mejor camarada de este mundo. Bebía cachaza de la botella pero jamás lo vieron embriagado. Mané Frajelo lo respetaba.

* * *

«Mané Frajelo» (Manoel Flagelo) era un apodo que le pusieron en la ciudad. Y le quedó. Un flagelo, en efecto, era ese hombre gordo, de setenta años, que hablaba con voz arrastrada y vestía de manera miserable. Manoel Misael de Souza Telles era su verdadero nombre. Poseía más de ochenta mil *contos*, y sus haciendas se extendían por todo el municipio de Ilhéus. Por la noche, nosotros hacíamos cuentas. João Grilo, flaco como un palo, mulato gracioso, que contaba anécdotas, se las daba de matemático. Se sentaba en los tablones que le servían de cama y, mientras Colodino pasaba los dedos por la guitarra, hacía las cuentas:

—Ochenta mil arrobas, a doce con cincuenta, son…
—… mil *contos*.
—Es el beneficio que saca Mierda Mezclada Sin Condimento solamente con el cacao.

Abríamos los ojos asombrados. Mil *contos*… Y nos pagaba tres mil quinientos *réis* por día.

Infancia

Poco me acuerdo de mi padre. Éramos muy pequeños, mi hermana y yo –ella, de tres años; yo, de cinco–, cuando él murió. Recuerdo apenas que mi madre sollozaba, el pelo caído sobre el rostro pálido, y que mi tío, vestido de negro, abrazaba a los presentes con una expresión hipócrita de tristeza. Llovía mucho. Y los hombres que cargaban el ataúd caminaban con pasos rápidos, sin dar importancia al llanto de mi madre, que no quería que se llevaran a su marido.

Papá, cuando volvía de la fábrica, me hacía sentar sobre sus rodillas y me enseñaba el abecedario con su hermosa voz. Era delicado e incapaz, como decían, de hacerle daño a una hormiga. Jugaba con mamá como si todavía fueran novios. Mamá, muy alta y muy pálida, las manos muy finas y muy largas, era de una belleza rara, casi una figura de novela. Nerviosa, a veces lloraba sin motivo. Mi padre entonces la tomaba en sus brazos fuertes y entonaba fragmentos de canciones que la hacían sonreír. Nunca nos reprendían.

Después de que él murió, mamá pasó un año medio enloquecida, tirada por los rincones, sin prestar atención a los hijos, sin preocuparse por la ropa que se ponía, fumando y llorando. A veces tenía ataques horribles. Y llenaba de gritos dolorosos las noches tranquilas de mi Sergipe.

Cuando, al cabo de ese año, volvió al estado normal y quiso recomponer los negocios de papá, mi tío demostró, con una inmensa cantidad de papeles, que la fábrica era sólo de él, pues mi padre –afirmaba con la cara roja y las manos levantadas en gesto de escándalo–, medio loco y medio artista, no había dejado más que deudas, que mi tío pagaría para no desprestigiar el nombre de la familia.

Mamá calló, la pobre, y nos estrechó en sus brazos, porque nosotros temblábamos cada vez que aparecía mi tío con su cara roja, su barriga bien alimentada, su ropa de tela gruesa de lino y esos ojos pequeños y perversos.

Todo el tiempo se pasaba las manos por la panza. Mi tío… Diez años mayor que mi padre, pronto había partido a Río de Janeiro, donde estuvo mucho tiempo sin dar noticias y sin que se supiera qué hacía. Cuando los negocios de mi padre prosperaron, escribió una carta en la que se quejaba de la vida y decía que quería volver. Y vino, poco después de la carta. Papá lo nombró socio de la fábrica.

Vino con su esposa, la tía Santa, una santa de verdad, pobre mártir de aquel bruto.

Papá vivía por entero para nosotros y para su viejo piano. En la fábrica conversaba con los obreros, escuchaba sus quejas, y remediaba sus males cuando le resultaba posible. La verdad es que vivían en buena armonía, él y los obreros, con la fábrica en relativa prosperidad. Nunca llegamos a ser muy ricos, porque mi padre, incapaz para los negocios, dejaba escapar los mejores que surgían. Había estudiado en Europa y cultivado hábitos de nómada. Había recorrido parte del mundo y le encantaban los objetos viejos y artísticos, las cosas frágiles y las personas débiles, todo lo que daba la idea de convalecencia o de final cercano. Tal vez proviniera de allí su pasión por mamá. Con su delgadez pálida de mortificada, parecía una eterna convaleciente. Papá le besaba las manos delgadas despacio, con gran suavidad, acaso con miedo de que esas manos se quebraran. Y pasaban horas y horas en largo silencio de enamorados que se comprenden y se bastan. No recuerdo haberlos oído hacer proyectos.

Nosotros, mi hermana y yo, éramos como muñecos para papá y mamá.

Cuando llegó mi tío, cambió todo. Él no había ido a Europa y se parecía mucho a mi abuela, que había hecho, de los dieciocho años de convivencia con mi abuelo, una de esas tantas tragedias anónimas y horribles que nacen del casamiento de la grosería con la sensibilidad. Les pegaba a los hijos de los obreros, algo que no era de sorprender, porque, como se murmuraba en la ciudad, él le pegaba a la esposa.

¡Pobre tía Santa! Tan buena, amaba tanto a los niños y rezaba tanto que tenía callos en los dedos, provocados por las cuentas del rosario. Murió, y la enfermedad fue su marido. Mi tío había desflorado a una obrera y se fue a vivir con ella, públicamente. Santa no resistió el disgusto y murió con el rosario entre las manos, pidiéndole a papá que no abandonara al miserable.

La fábrica prosperó mucho. Nunca pude comprender por qué el salario de los obreros disminuyó. Papá, débil por naturaleza, no tenía valor para alejar a mi tío de la fábrica, y un día, cuando tocaba en el piano uno de sus fragmentos predilectos, sufrió un síncope y murió.

La ciudad subía por las laderas y se detenía allá arriba, junto al inmenso convento. Al mirar desde lo alto, se veía la fábrica, al pie del monte por el cual se enroscaba la ciudad como una serpiente de una sola cabeza e innúmeros cuerpos. Tal vez no fuera hermosa la vieja São Cristóvão, ex capital del estado, pero era pintoresca, llena de casas coloniales y un silencio de fin del mundo, con las iglesias y los conventos que sofocaban la alegría de las quinientas obreras que hilaban en la fábrica de tejidos.

Creo que mi padre había montado la fábrica en São Cristóvão debido a la decadencia de la ciudad, a su paz y su sosiego, triste ciudad estancada que debía de enamorar sus ojos y su espíritu cansado de paisajes y aventuras.

Vivíamos por entonces en un enorme y antiguo caserón, ex residencia particular de los gobernadores, con una pesadísima puerta de entrada, las ventanas irregulares, todo pintado de rojo y grandes habitaciones en las que Elza y yo nos perdíamos durante el día jugando a la gallina ciega. Por la noche, por ningún juguete entraríamos en alguna de ellas, pues temíamos a las almas vagabundas del otro mundo, almas en pena que silbaban y arrastraban cadenas, según la fidedigna versión de Virgulina, negra centenaria que había criado a mamá y ahora nos criaba a nosotros.

Al lado de nuestra casa quedaba el ex palacio de gobierno, a punto de derrumbarse, transformado en cuartel, donde vivían algunos soldados, sucios y perezosos. Enfrente, el orfanato, con seis monjas y ochenta niñas, hijas de obreras y padres desconocidos. Esas niñas no salían. Algunas, ya crecidas, volvían a la fábrica donde habían nacido, y de donde mandarían nuevas niñas, sin apellido, al orfanato. Otras, las más blancas, habrían de ser monjas y se dispersarían por el país. Más adelante, el convento de São Francisco, tan grande, tan silencioso, que nunca logré verlo sin un cierto recelo. Lo habitaban apenas cuatro frailes, pero esos cuatro frailes dominaban la ciudad. Daban sermones, en los que fantaseaban con los colores más negros del infierno. Y esas cosas dichas en aquella lengua medio alemana, medio brasileña, parecían más horribles todavía. Nosotros, los niños, temíamos el infierno y temíamos aún más a los frailes.

Sinval, mi futuro compañero de vagabundeo, me contaba que obligaban a los obreros a trabajar gratis en la remodelación de la catedral (donde había un gigantesco San Cristóbal, apoyado en un cocotero, que cargaba en los brazos a un minúsculo Niño Jesús, todo bordado en oro), y los que no se sometían eran denunciados a mi tío –invitado frecuente a las cenas de los curas–, que los despedía.

Las casas, todas anticuadas y con piso de ladrillos, se extendían por la plaza del convento y se equilibraban en las laderas.

Por la noche, ponían sillas en las aceras y las viejas contaban historias graciosas del tiempo de mi abuelo. Los niños correteaban alrededor del crucero, ennegrecido por el tiempo.

Las escasas muchachas ricas iban al colegio de monjas en Aracaju, y cuando volvían, con el título de maestras, tenían siempre un novio bachiller, mucha malicia y asesinaban, como solía decir mi padre, canciones modernas en el piano.

La de las laderas y la plaza era gente fina, la elite, la aristocracia. Más abajo se hallaba la fábrica, el barrio obrero, la plebe.

* * *

La fábrica era un galpón blanco lleno de ruidos y de vida. Setecientos obreros, de los cuales más de quinientos eran mujeres. Los hombres emigraban, decían que «trabajar en hilados es cosa de mujeres». Los más débiles no se iban, se casaban y tenían legiones de hijas, que sustituían a las abuelas y a las madres cuando, ya imposibilitadas, dejaban el empleo.

El nacimiento de una hija se recibía con alegría. Más manos para el trabajo. Un hijo, por el contrario, se consideraba un desastre. El hijo comía, crecía y se marchaba, o se iba a los cafetales de San Pablo o a las plantaciones de cacao de Ilhéus, con una ingratitud incomprensible. Al salir de la fábrica se cruzaba una pasarela sobre un arroyo y se llegaba a la villa Cu com Bunda[1], morada de casi todos los obreros. Un gran rectángulo, en cuyo fondo las casas se tocaban. De allí el nombre pintoresco que le habían puesto. En medio de esas casitas destacaban la enfermería y el consultorio odontológico. El dentista venía de Aracaju dos veces por semana. Sinval decía:

–Los obreros solamente podemos tener dolor de dientes los martes y los viernes…

El enfermero residía en São Cristóvão, pero, al ser promotor político de mi tío, perdía mucho tiempo en eso.

En la villa Cu com Bunda, la plebe se alegraba por las noches cuando las guitarras interpretaban *cocos* y la botella de aguardiente pasaba de mano en

---

1. Cu com Bunda: Una traducción aproximada podría ser «Culo con Nalgas». *(N. de las T.)*

mano. Los obreros leían entonces las cartas de los parientes que estaban en Ilhéus y hacían proyectos para una emigración colectiva.

El cacao ejercía sobre ellos una fascinación enfermiza. Los frailes, de vez en cuando, bajaban y, tratando de no aproximarse a los niños piojosos, sonreían a los obreros y hablaban de un «arreglito en la iglesia o en el convento»…

* * *

Cuando murió mi padre y después de que mi tío declarara nuestra miseria, fuimos a vivir en una casucha al pie de una ladera. Quedé mucho más cerca del proletariado de Cu com Bunda que de la aristocracia del decadente São Cristóvão.

Me acostumbré a jugar al fútbol con los hijos de los obreros. La pelota, pobre pelota rudimentaria, se hacía con vejiga de buey llena de aire. Me hice amigo de un muchacho llamado Sinval, retoño único de una obrera cuyo marido había muerto en San Pablo, metido en unos líos con la policía, no sé bien por qué. Sé que los obreros hablaban de él como de un mártir. Y Sinval criticaba a los patrones todo lo que podía. Flacucho, los huesos casi a flor de piel, poseía, sin embargo, una voz firme y una mirada agresiva. Nos dirigía en los hurtos de mangos y otros frutos de las fincas vecinas. Y cada vez que pasaba mi tío, escupía de costado. Decía que no bien cumpliera dieciséis años se embarcaría hacia San Pablo, para luchar como su padre. Sólo mucho después llegué a comprender lo que significaba todo aquello.

Elza y yo concurríamos a la escuela. Mamá hacía puntillas y sus padres contribuían a nuestro sustento. Cuando cumplí quince años fui a trabajar en la fábrica. Yo era por entonces un joven fuerte, robusto. El niñito anémico de otrora se había convertido en un adolescente de músculos duros, entrenados en peleas de muchachitos.

Aparentaba mucha más edad de la que tenía en realidad. Había vivido siempre entre los muchachotes pobres de la ciudad, tan pobre yo como ellos. Ahora iba a ser por completo igual, obrero de fábrica. Sinval ya no me diría con su sonrisa burlona:

—Niño rico…

* * *

Cinco años aguanté en la fábrica la brutalidad de mi tío. Sinval, a los diecisiete, vendió lo que poseía de ropa y muebles y se marchó hacia las fábricas o las haciendas de San Pablo. La primera y última noticia que tuvimos de él llegó dos años después. Estaba metido en una huelga y esperaba que lo detuvieran en cualquier momento. Después, ni una carta, ni un mensaje, nada. Los obreros afirmaban:

—Siguió el destino del padre –y cerraban los puños con rabia. Pero la fábrica hacía sonar su sirena y ellos agachaban la cabeza, flacos y silenciosos.

Mis manos estaban llenas de callos, y mis hombros, anchos. Había olvidado mucho de lo poco aprendido en la escuela, pero en compensación sentía un cierto orgullo por mi situación de obrero. No hubiera cambiado mi trabajo de tejedor por el lugar de patrón. Mi tío, el dueño, estaba bastante más viejo, más colorado y más rico. La barriga era el índice de su prosperidad. A medida que mi tío se enriquecía, su panza aumentaba de volumen. Estaba enorme, indecente, monstruosa. Pocas fortunas de Sergipe se igualaban en aquel tiempo a la suya. Daba limosnas sólo al convento (donde engullía cenas) y al orfanato. A éste daba limosnas y huérfanas. No se podía contar con los dedos, ni siquiera sumando los de los pies, la cantidad de obreras descarriadas por mi tío.

* * *

Pasión tuve a los catorce años por una ramera gastada y sifilítica, con la que inicié mi vida sexual. Amor, a los dieciocho, platónico, por una rubia pequeña del orfanato que se hizo monja y, al fin, a los veinte, el pensamiento de juntarme con Margarida, obrera como yo. Eso dio malos resultados. Mi tío también le tenía el ojo echado a Margarida, que ostentaba unos senos altos y blancos, junto con un rostro de niña traviesa. Margarida un día me contó que el patrón la andaba toqueteando. Y se reía, cínica. Creo que fue su risa lo que me hizo ir a pegarle a mi tío. Le rompí su cara de hipócrita. Me despidieron.

* * *

A mamá y Elza, San Pablo les parecía el fin del mundo. Por nada iban a permitir que yo fuera allá. Empecé a hablar de Ilhéus, tierra del cacao y del dinero, hacia donde iban levas y levas de emigrantes. Y como Ilhéus quedaba apenas a dos días de Aracaju por barco, ellas consintieron en que yo engrosara, una mañana maravillosa de luz, la tercera clase del *Murtinho,* rumbo a la tierra del cacao, Eldorado del que los obreros hablaban como si se tratara de la tierra de Canaán.

Mamá lloraba, Elza lloraba, cuando me abrazaron la tarde en que partí a Aracaju… a tomar el vapor. Miré la vieja ciudad de São Cristóvão con el corazón lleno de nostalgia. Estaba seguro de que no volvería más a mi tierra.

Los hijos de los obreros jugaban al fútbol con una vejiga de buey llena de aire.

Viaje

Los pasajeros de la primera clase aseguraban que el *Murtinho* deshonraba a cualquier empresa de navegación. Consideraban que la primera clase era miserable. Calculen cómo sería la tercera.

Sin embargo, el diario oficial de Aracaju lo anunciaba así:

SE ESPERA
EL RÁPIDO Y LUJOSO PAQUEBOTE *Murtinho*
entre los días 24 y 29 del corriente.

«Alquilado»

Bajé en Ilhéus con diecisiete mil cuatrocientos *réis*, un pequeño lío de ropa y una gran esperanza no sé bien de qué.

Un cargador me informó de las únicas pensiones que para los que buscaban trabajo había en Ilha das Cobras, aglomerado de callejuelas que se escondía al final de la ciudad pequeña y animada. Y hasta me recomendó la casa de doña Coleta, donde el *sarapatel* era suculento. Era suculento de veras. Pero por la comida y la cama en que dormía pagaba dos *mil-réis* por día. Pasé una quincena en la pensión de doña Coleta. Ya debía catorce *mil-réis* y ella me hizo notar que había sido muy condescendiente conmigo y que por lo menos debía dejar el cuarto y el guiso para otro huésped que pudiera pagar. Ella era pobre y no podía…

Tomé mi lío de ropa y me fui. Ese año el cacao empezaba a decaer, y no era muy fácil conseguir empleo. Había llamado a varias puertas sin resultado.

–No hay trabajo.

La respuesta me zumbaba en los oídos. El día en que salí de la pensión de doña Coleta me lo pasé buscando trabajo. Los coroneles lo negaban. La cosecha todavía no había comenzado y sobraban trabajadores. Me miraban como a un enemigo que fuera a robarles.

Me quedé parado frente al puerto. Un barco transponía el canal rumbo a la capital. El reloj de una casa comercial dio las cuatro. A pesar de todo, yo no sentía hambre. Sentía odio por todos. Anduve sin rumbo el resto de la tarde. Los hombres pasaban en dirección a sus casas cargados de paquetes. Entonces empecé a sentir hambre. Algo así como una legión de ratas que me roían el estómago. Una sensación rara que me daba ganas de llorar y de robar.

La noche cubría la ciudad. Quedó sólo la luz intermitente de los faroles eléctricos. Me detuve ante una panadería. Muchachos y empleados entraban y salían con paquetes de pan y bizcochos. Yo también entré. Y me quedé mirando la inmensa pila de pan que subía por la pared hasta tocar la imagen de San José, patrono de la Pastelería X do Problema. Pensé en Jesús multiplicando los panes. Pero enseguida ya no veía a Jesús. Veía el hambre. Y el hambre con la cabellera de Jesús y sus ojos mansos. El hambre multiplicaba los panes, llenaba toda la panadería, dejando apenas un rincón para el empleado. Después de multiplicar, dividía. El hambre tenía ahora una toga de juez y la misma expresión tierna de Jesús. Y daba todos los panes a los ricos, que entraban en procesión con billetes de cien *mil-réis* entre los dedos con anillos y les mostraba un gran pedazo de lengua a los pobres, que en la puerta tendían los brazos secos. Pero los pobres invadían la X do Problema, derribaban la imagen del hambre y se llevaban los panes. Fui entrando con ellos. Pero el empleado me detuvo.

–¿Qué quiere?

Me pasé la mano por la frente. El sudor corría. Las ratas, en mi estómago, roían, roían… Miré y vi que los panes y el San José continuaban en el fondo de la panadería. Le murmuré al empleado que se disponía a llamar al vigilante:

–Disculpe. No quiero nada.

Los criados entraban con dinero y salían con pan.

* * *

Ciudad pequeña, anduve por todas las calles. Me había acostumbrado, por así decirlo, al hambre. Miraba, con aire de espanto, a las pocas personas que todavía deambulaban por la ciudad. A veces ellas me miraban también. Yo sonreía confundido, casi con vergüenza de tener hambre.

Debía de ser medianoche cuando entablé conversación con un guardia civil, justo frente a la Intendencia. Parecía enamorado del jardín y me ofreció un cigarrillo. No sé lo que me pasó; sólo sé que le conté toda mi historia. Y fumaba voluptuosamente aquel cigarrillo, mi primer alimento del día. El guardia me llevó a la panadería, donde me dieron un pan de quinientos *réis*. Comí, cortándolo en pedazos pequeños. Después se lo agradecí:

–Gracias, mi viejo.

–No hay de qué. Vea, yo he pasado mucha hambre. Es horrible el primer día. Después uno se acostumbra… ¿A qué no se acostumbra uno en esta vida? Lo peor –el guardia contemplaba las estrellas con un aire raro– es cuando se tienen hijos. Usted es soltero, ¿no? Yo, acá, como me ve, con ciento veinte *mil-réis* de salario, tengo mujer y seis hijos. Seis…

Y abría los dedos, extrañado, con el rostro contraído. Tenía odio, no sé por quién. Fuimos caminando despacio, y él continuó:

–Seis. El menor apenas tiene un año. Y mi mujer ya está con la panza así de grande.

Tendía las manos huesudas hacia delante, dando una perfecta idea de cómo estaba la mujer. Ahora hablaba enojado y escupía:

–Una mierda, una porquería, esta vida. A veces ellos, los ricos, me dicen: «¿Por qué haces tantos hijos, Roberto?» ¿Cómo que por qué…? ¿Qué otra cosa va a hacer uno, salvo hijos? No vamos al cine, ni a ningún otro entretenimiento…

Señalaba hacia el cerro de la Conquista:

—Vivo allá arriba, camarada. Hay poca comida y muchas bocas. Pero en un día de hambre siempre se encuentra algo que comer.

Llegamos al puerto. Un edificio enorme dormía, pesado en la noche.

Roberto me explicó:

—Propiedad del coronel Manoel Misael de Souza Telles. Un ricachón de aquí. Abajo está el banco, también de él. Tiene dinero...

Escupía:

—Un idiota. Ni siquiera disfruta de la vida. La alegría de ese miserable es hacerles mal a los demás. La madre murió pidiendo limosna, y el hermano vive por ahí, lleno de heridas, vestido como un pordiosero. Jamás conocí a alguien tan miserable. Tiene dos amantes.

—¿Es joven todavía?

—No. Un viejo de setenta años... Ya debe de ser impotente...

—¿Y para qué quiere amantes?

—Para que se la chupen, ¿quién sabe?

Escupió de nuevo. Ya estábamos en el puente. Grandes canoas inmóviles sobre el agua. La luna en el cielo. Roberto se recostó.

—Le digo que yo, aquí, como me ve, no fui guardia toda la vida. Tuve dinero. Puse una tienda. Perdí todo, nunca serví para ladrón. Pasé hambre, hoy gano ciento veinte *mil-réis*. Pero estoy contento, ¿sabe? Es preferible ser pobre a ser rico y vivir como ese miserable. ¿Para qué sirven? Lo único que saben es robar… Y rezan. Rezan, créame. Pretenden el cielo. A lo mejor de veras se compran un lugar allá. Hoy se vende todo. Mire, yo me enorgullezco de ser guardia. Me enorgullezco. Algún día, algún día…

Yo me quedaba pensando en esa esperanza de todo obrero, esperanza que ya era un poco mía.

–Ese día no anda lejos…

Roberto señaló el edificio del coronel.

–Voy a vivir ahí.

* * *

Alrededor del mediodía yo todavía vagaba por las calles. Caminaba casi sin pensar, semihambriento. Posiblemente terminaría por invadir uno de aquellos almacenes y robar algo para comer. Fue cuando me encontré de nuevo con Roberto.

–Vamos a comer, camarada.

Fui con él a una fonda, cerca del puerto, en el fondo de la cual almorzaban unos quince hombres. Roberto pidió dos *feijoadas*. Saludaba a los hombres que comían. Uno de ellos, negro y desnudo de la cintura para arriba, vino a sentarse con nosotros. Llegó la *feijoada*. Roberto hizo las presentaciones:

–El 98.

–Un *sergipano* que busca trabajo.

El 98 me miró, sonriendo.

–Ahora el trabajo está difícil. A no ser que quieras darle muy duro.

–¿Dónde?

—En las plantaciones. Empuñando la azada.
—Lo cojo. Ya busqué trabajo hasta en las haciendas…
—A lo mejor el coronel Misael necesita a alguien. ¿Ya fuiste allí?
—No.
—Entonces, después vamos.
—Gracias, 98.
Fuimos después del almuerzo a la sede del banco de Mané Frajelo. Me miró de arriba abajo:
—¿Cuántos años?
—Veinte.
—¿De qué estado?
—Sergipe.
—¿Ya trabajaste en el campo?
—Sí –mentí.
—Está bien, puedes ir a las plantaciones. ¿Tienes dinero para el pasaje?
—No, señor.
—Entonces consíguelo. Yo no te lo voy a dar. Toma el tren hasta Pirangi. Allí, pregúntale a cualquier persona dónde queda mi hacienda. Preséntate a mi encargado. Él te dará trabajo. Y trata de no robarme…
¡Cómo se parecía a mi tío, el coronel!

* * *

El 98 se volvió hacia mí.
—Ya estás «alquilado» para el coronel.
Me extrañó el término.

—Se alquila una máquina, un burro, de todo, pero no a las personas.

—En estas tierras del sur, también se alquila a la gente.

El término me humillaba. «Alquilado…» Estaba reducido a mucho menos que un hombre…

Fueron ellos los que me consiguieron el dinero para el pasaje. Esa noche dormí en la casita de Roberto, en lo alto de Conquista. Al otro día, por la mañana, me embarcaba en la segunda clase del ferrocarril Ilhéus-Conquista, rumbo a las afueras de Pirangi, el más nuevo y mayor distrito de la zona del cacao. Pensé en Sinval. Qué diría si supiera que el «niño rico» iba a trabajar con la azada…

Segunda clase

Llovía. La segunda clase era mísera. Uno no podía ni sentarse. Caía agua del techo, y los asientos de madera goteaban. En un rincón, un viejo mantenía abierto el paraguas y leía un periódico. De vez en cuando escupía a los costados, haciendo con la lengua un chasquido extraño. El vagón estaba lleno. Quedaba un único lugar, entre el viejo y una prostituta con la cara muy pintada. Dejé mi atado en el suelo y me senté. El viejo me miró de reojo y escupió con el ruido de siempre. La ramera sonrió e hizo un gesto como diciendo que el viejo estaba loco. Íbamos silenciosos, como castigados. De la primera clase llegaba un rumor de voces y risas. Un vendedor de revistas cruzó corriendo nuestro vagón, rumbo a la primera clase. Le pisó un pie al viejo, que masculló una serie de palabrotas que hicieron sonreír a la ramera. La máquina pitó y empezó a andar despacio. En primera clase había llantos y despedidas. Por las ventanillas asomaban pañuelos que decían adiós y en la estación otros pañuelos respondían...

–Buen viaje. Vuelve pronto.

En nuestro vagón casi nadie se movió. Parecía que nadie tenía familia. Sólo yo saludé a Roberto y al 98, y la ramera sacudió la mano dirigiendo un saludo a todas las personas de la estación: ricos y pobres, coroneles y cargadores. Y siempre sonriente.

La ciudad comenzó a desaparecer. En el vagón ya se charlaba. Comentaban un crimen que había ocurrido en Itabuna hacía poco tiempo. El viejo sentado a mi lado dobló el periódico y habló:

–El hombre está condenado.

–¿Qué hombre?

–¿Cómo? ¿No sabe? –Y me miró asombrado. –¡Si hasta los periódicos lo dicen!

–Soy nuevo en estos lugares.

Me encaró con desconfianza.

–¿Es emigrado?

–Más o menos. Vine de Sergipe a buscar trabajo.

–¿Eres *sergipano?* –La ramera me dirigió la palabra–. Yo soy de Maroim.

–Yo, de São Cristóvão.

El viejo examinaba a la mujer con ojitos maliciosos. Y continuó:

–Bueno, al asesino lo van a condenar.

–¡Ah, sí! El crimen. Cuénteme.

La ramera admiraba el paisaje, con un codo enterrado en mi hombro. El viejo contaba la historia entre escupitajos que ensuciaban aún más el vagón de segunda clase. Los demás pasajeros escuchaban.

—Un crimen horrible. El asesino tiene más de setenta años. Yo lo conocía mucho. Trabajamos juntos en la hacienda del doctor João Silva, allá por Macacos. Era un hombre cruel, el doctor João Silva. Mandaba matar por cualquier cosa. Miguel fue su hombre de confianza.

—Entonces mató a muchos. —El que interrumpía era un sujeto bajo, de cabeza cuadrada.

—No lo sé, *cearense*. Miguel era religioso. Todos los domingos caminaba seis leguas para ir a misa en Itabuna. A mí nunca me gustaron los hombres que andan metidos entre las sotanas de los curas.

—Eso es cosa de mujer —contestó el *cearense*.

El viejo lo miró desconfiado.

—No sé, *cearense*.

—¿Hay algún problema con que yo sea *cearense*? Los de Ceará somos buena gente.

—Ya lo sé. Pero tú me molestas todo el tiempo. Ya no sé ni por dónde iba.

La ramera interrumpió:

—Deja que el viejo cuente…

El viejo escupió y continuó:

—Bueno, el asunto es que Miguel estaba en la hacienda del coronel Chico Arruda, muy cerca de Itabuna. Tenía una hija, ¡un pedazo de mulata! Unas piernas…

—¿Cómo es eso, viejo? ¿A usted todavía le gusta?

—Y la mujer se apretaba contra mi hombro.

—¿Quieres probar?

—No, viejo, usted ya no está para esos trotes…

—¡Un cuerno! Todavía soy bien macho. Soy capaz de hacerte un hijo.

Todo el vagón se reía. El *cearense* lo desafió:

—Eso lo dudo, viejo. Salvo que fuera con la lengua.

Yo me metí:

—Cuente el caso. Es interesante.

—Bueno… La muchacha se hizo novia de Filomeno, un contratista del coronel. Fueron a casarse en Itabuna. Se casaron por lo civil, pero cuando fueron a la iglesia el cura no estaba. Se volvieron para el campo. Miguel, muy enojado, decía que su hija solamente había firmado un «contrato». Y no le permitió ir a la casa del marido. Cosas que los curas le metieron en la cabeza. Por la noche, la muchacha fue a encontrarse con el marido en el monte…

—Fue a hacer el amor…

—Miguel sospechó, fue detrás y cuando los vio pecando los mató a los dos con una azada. Dijo que no podían acostarse si no los había casado el cura. Ahora se va a comer treinta años.

—Y es poco –dijo la mujer sentada a mi lado–. Merecía más.

—Todo eso es ignorancia –respondí–. En mi tierra los curas lo dominan todo.

—Los curas traen mala suerte –afirmó el *cearense*.

Un sujeto alto, de pelo de mulato, con un enorme tajo de cuchillo en la cara, se metió en la conversación:

–Cura de verdad es el padre Sabino, de Itapira. ¿Lo conocen?

–Lo conozco bien –declaró el viejo.

–Tiene doce hijos.

–Dice que la amante se convierte en mula-sin-cabeza…

–Fue él el que le puso una hostia en el brazo a Algemiro. Por eso las balas no le hacen nada. Quedó curado.

–Yo no creo en eso.

–Cierra la boca, *sergipano*. Si no has visto nada, ¿cómo puedes no creer? Eres nuevo acá… Yo soy viejo, ya pasé de los sesenta y cinco y he visto cosas como para ponerte los pelos de punta.

–¿Usted nació aquí?

–No, muchacho. Vine hace treinta años. Trabajé para más de cincuenta hacendados… Y también fui hacendado. Un día Mané Frajelo me quitó todo lo que tenía. Hoy soy trabajador de nuevo. Cuando vine, Itabuna era Tabocas, Pirangi no existía. Se mataba a la gente como si nada. Este que ven –el viejo escupía y se golpeaba el pecho– ya recibió tres tiros…

–¿Y a cuántos mató? –interrogó el *cearense*.

El viejo sonrió.

–Quieres saber demasiado.

El tren se detuvo en la estación de Água-Branca.

Unos muchachos vendían cocos verdes. En la primera clase les compraban. La ramera compró uno. Empezó a sorber el agua con grandes suspiros de satisfacción. El tren partió. La conversación se reanudó. La prostituta se acordó de ofrecer agua de coco a los compañeros.

–¿Quieren?
–No, gracias.
Se dirigió a mí:
–¿Y tú, querido, no quieres?
–No, muchas gracias.
–¿Por qué? Toma un poquito.

Ahora el viejo y el *cearense* escuchaban al pasajero alto con el tajo en la cara, que contaba fanfarronadas, sombrío de gestos y voz taciturna.

–Se mató a mucha gente… Pero el doctor no podía perder las elecciones. Yo dormía atravesado frente a la puerta de la habitación de él, con el rifle en la mano. No se acercó ni medio hombre. Eso fue en los buenos tiempos…

–Hoy en día ya no se mata a nadie. Está todo tranquilo…

* * *

En Rio do Braço el tren paraba treinta minutos para que lo lavaran. Bajamos casi todos. Había un quiosco donde vendían café y pan. Los pasajeros se apiñaban alrededor. El viejo me ofreció una taza de café. Y empezó a interrogarme.

—¿Para quién vas a trabajar, muchacho?
—Para Mané Frajelo.
—¿Para ese miserable? Estás arreglado. ¿Cuánto te va a pagar? ¿Mil quinientos?
—No sé. Me lo va a decir su encargado.
—Sus empleados nunca tienen saldo a favor. Vicente trabajó para él. ¡Vicente!

Vicente era el sujeto del tajo en la cara.

—Tú, que ya fuiste «alquilado» de Mané Frajelo, ¿qué opinas de él?
—Un hijo de puta, eso es lo que es. Trabajé allí tres años. Cuando me fui, ¿adivina cuál era mi saldo?

El viejo sonreía.

—Cinco mil en contra. Peor que él, nada más que João Vremeio[1], el encargado del economato.

El tren pitó de nuevo. Volvimos deprisa al vagón. El *cearense* dijo:

—Yo voy a trabajar para el coronel Chico Vieira. ¿Qué tal es?
—Siempre mejor que Mané Frajelo.
—Son todos iguales…

La ramera miraba interesada el tajo del rostro de Vicente. Él notó la curiosidad.

—Este tajo, m'hija, fue a causa de una morena, así como tú. Pasó en Itabuna. El tipo me hizo este tajo, pero él fue al cementerio.
—¿Y fuiste preso?

---

1. Vremeio: Pronunciación incorrecta, deformación campesina de «Vermelho». *(N. de las T.)*

—Para nada. El doctor, en esos tiempos, era poderoso. El comisario no me hizo nada.

—Ésta parece una tierra maldita. En Ceará me dijeron que acá había dinero a manos llenas…

—Dinero hubo hace unos dos años. El cacao llegó a los cuarenta *mil-réis*. Los coroneles gastaban a más no poder. Nosotros ganábamos hasta cinco *mil-réis* por día.

—¿Ahorraron?

—No podíamos… Aumentó todo: la carne seca, la harina, el *feijão*. A nadie le sobraba un céntimo. Para nosotros es lo mismo que el cacao se venda caro o barato. Para los coroneles es distinto. Yo hasta me alegro cuando el cacao baja…

El viejo se volvió hacia el *cearense*.

—Te viniste de Ceará justo ahora, cuando allí hay dinero a montones… Salió en los periódicos. Yo lo leí. El gobierno garantizaba que nadie se moriría de hambre.

—Sólo Dios lo sabe. Ellos se tragan el dinero, y nosotros nos morimos de hambre. Nunca vimos dinero. Mi mujer se murió por el camino, y mi hija se quedó en la «calle de los siete pecados mortales».

—¿Qué calle es ésa?

—La calle de éstas… —y señalaba a la ramera.

Decía todo aquello estoicamente, resignado, considerándolo casi natural. Vicente se rascó la cabeza.

—Esto es una mierda.

El viejo filosofó:

—El mundo es así, no más. Yo, aquí, como me ven…

La ramera me apretó el brazo y me preguntó de pronto al oído:

—¿Quieres oír mi historia? —y recostó la cabeza en mi pecho.

El tren llegaba a la estación terminal de Sequeiro de Espinho.

* * *

El viejo y la muchacha tomaron el autobús hacia Pirangi. Vicente, el *cearense* y yo fuimos a pie, conversando. Pirangi quedaba a media legua de la estación. Supe que el *cearense* iba a trabajar en un campo de por allí cerca y que Vicente arreaba ganado en un lugar situado diez leguas más adelante, llamado Baforé. Fue todo el camino contando cosas de Baforé.

—Allí somos pocos hombres. Y las mujeres son algo que no existe. Salvo que uno quiera dormir con una fiera. Hay alguna que otra hembra. Fíjense en que un tipo de unos sesenta años quería casarse con una chiquita de nueve. Yo se lo impedí. Era una brutalidad. Pero el pobre viejo hacía cinco años que no veía a una mujer.

—Qué miseria…

Vicente me miró sonriendo.

—Te digo, muchacho, que todavía no viste nada. Aquí vas a aprender mucho.

El camino bordeaba un brazo del río. Del otro lado se veían plantaciones. Bajaban canoas cargadas de bolsas de cacao. Señalé los árboles doblados por el peso de los frutos amarillos.

–Eso es cacao, ¿no?

–¿No lo conocías?

–Yo tampoco –declaró el *cearense*–. Es la primera vez que lo veo.

–En cambio, yo nací aquí; soy *grapiúna*. Todos ustedes, cuando vienen del Norte, piensan hacerse ricos, ¿no?

–Yo no. No bien afloje la sequía vuelvo a mi tierra.

–¿Y tú, *sergipano?*

–No sé… Yo era obrero, y ahora voy a ser trabajador…

Me acordé de la frase de Roberto:

–Pero algún día…

–¿Algún día, qué? ¿Vas a hacerte rico?

–Qué sé yo…

* * *

En medio de Pirangi, Vicente me señaló a un hombre.

–Ése es Algemiro, el subalterno del coronel Misael.

–Voy a hablar con él.

–Adiós, *sergipano*.

–Adiós, camaradas.

Me acerqué a Algemiro y me presenté.

–¿Lo mandó el coronel?

–Sí.

–¿Te dijo cuánto ibas a ganar?

–No.

–Tres mil quinientos por día. ¿Te sirve?

–Me sirve.

–¿Conoces el trabajo?

–No, acabo de llegar de Sergipe.

–Del mismo lugar que yo. En la plantación los otros te enseñarán. Allí te mostraré tu trabajo. No conoces el camino, ¿verdad? Entonces vete con Antônio Barriguinha.

–¿Quién es?

–El arriero. Vino a traer cacao y vuelve llevando carne y *feijão* para los «alquilados». Espérame aquí, que ya vuelvo con él.

Esperé una buena media hora hasta que Algemiro apareció con Antônio Barriguinha. Y partimos hacia la Hacienda Fraternidad con veintidós burros delante. A la mitad del camino, Algemiro pasó junto a nosotros montado en un burro pardo.

Yo iba indiferente a mi suerte, pensando que tal vez Antônio Barriguinha, silencioso y poco amistoso, no me ofrecería almorzar algo.

La hacienda quedaba a dos leguas y media de Pirangi. Después de un buen trecho vimos los secaderos y la casa grande con su cartel:

HACIENDA FRATERNIDAD

Yo tenía un hambre de todos los diablos y me acordaba de la ramera que había sido mi compañera de viaje.

Héroe de la emboscada y el cangaço

Antônio Barriguinha no me dio almuerzo ese día. Me lo dio Honório. Fui a vivir con él en un rancho de paja con una única habitación que servía de cuarto, sala y cocina. Colodino me dijo:

–Aquí lo único grande es la letrina...

Y tendió los brazos en un gesto que abarcaba los campos:

–Es el monte...

Vivíamos cuatro en el rancho. Honório, gigantesco, los dientes blancos siempre riendo en su boca negra; Colodino, carpintero, que construía tendales para el coronel, y João Grilo, mulato flaco, que sabía anécdotas.

Me miraron sin desconfianza. Honório me ofreció un pedazo de carne seca, un poco de *feijão* y unos gajos de *jaca*. Comimos en silencio. Después Colodino templó la guitarra, y João Grilo buscó conversación:

—¿Ya sabes dónde vas a trabajar?
—No.
—Yo creo que será en los campos que fueron de João Evangelista. Honório trabaja allí.

Conté mi historia. No se sorprendieron. Colodino comentó:

—De vez en cuando aparece por estos pagos algún tipo que se hizo rico. Acá en el sur hay muchos *sergipanos*.

—¿Tú de dónde eres?

—Soy de la capital. João Grilo es *sertanejo* y Honório es de aquí mismo, es *grapiúna*.

Honório mostraba una horrible chaqueta de mezcla.

—¡Epa! Una chaqueta para lucir en los cabarés…

—¿El sábado vas a Pirangi?

—No sé…

—¿Con qué dinero?

—Algo me dará el coronel.

* * *

Fui, en efecto, a trabajar con Honório. Éramos muchos en la inmensidad de la plantación. Las hojas secas de las plantas de cacao alfombraban el suelo, donde las culebras se calentaban al sol después de las largas lluvias de junio. Los frutos amarillos pendían de los árboles como lámparas antiguas. Maravillosa mezcla de color que tornaba todo hermoso e irreal, menos nuestro trabajo agotador. A las siete ya estábamos cortando los frutos de cacao, después de haber afilado nuestros machetes en la puerta del almacén. A las cinco de la mañana el trago de caña y el plato de *feijão* nos daban fuerzas para el trabajo del día.

Honório me enseñó la tarea. Nos hicimos buenos compañeros bajo aquellas sombras cariñosas de los cacaotales, donde el sol no penetraba. Mis pies comenzaban a adquirir una gruesa costra formada por la miel del cacao, que los baños en el riachuelo no quitaban y que hacían del calzarse unos botines un enorme sacrificio. Poco a poco fui conociendo la historia de aquel negro gigantesco, de ojos mansos de cordero, dientes risueños y gruesas manos de asesino.

* * *

Un héroe de la emboscada y del *cangaço*. Eso explicaba por qué, a pesar de que Honorio debía novecientos *mil-réis* en el economato, el coronel no lo echaba y encima le facilitaba dinero para sus borracheras en Pirangi.

Hijo de esa tierra, había nacido en los buenos tiempos de las fortunas rápidas y los asesinatos por cualquier cosa. Se educó entre tiroteos y muertes. El padre, sometido a juicio varias veces, terminó muerto a hachazos. A los doce años Honório ya mataba gente con la más certera puntería de diez leguas a la redonda. Así se crió. A cuántos había matado, no lo sabía. Después vino cierta normalización con el saneamiento de las plantaciones de cacao. Las muertes disminuyeron, pero, ¡qué esperanza!, no terminaron. Y todavía hoy los caminos siguen jalonados de cruces sin nombres. Es la emboscada. Por la noche sin luna el viajero viene del pueblo. El guayabo solitario en el sendero esconde al hombre y el rifle. Un solo tiro. El cuerpo cae. El que disparó dirá al que se lo encomendó que el trabajo ya está hecho y recibirá los cien *mil-réis* prometidos. Al otro día encuentran el cuerpo y lo entierran allí mismo. Y todo continúa sin novedad.

Honório era especialista en emboscadas, y el coronel Misael tenía innumerables enemigos… No sé si el coronel sentía remordimientos. Honório, no. Tenía la conciencia limpia y clara como el agua de la fuente. Era buen compañero y nosotros lo apreciábamos mucho.

* * *

Sabía historias de fortunas y de miserias. Y nos contaba por las noches de luna y cachaza casos misteriosos de los que la justicia nunca se había enterado. Perezoso, raro era el día en que Algemiro no lo reprendiera. Honório lo miraba con los ojos mansos.

–Le tengo unas ganas a ese tipo…

Armaba unos escándalos tremendos en las casas de rameras de Pirangi. Se jactaba de no pagar por las mujeres. Pero cuando nos quedábamos sin crédito, él iba a ver al coronel, el machete en la mano, y pedía, con voz suplicante, algo de dinero. El coronel gritaba, lo trataba de vago, pero Honório nunca volvía con las manos vacías.

João Vermelho, el del economato, le temía. Un día se había negado a despachar la mercancía de Honório, alegando que eran órdenes del coronel, que estaba en la ciudad. El negro no se alteró. Saltó al otro lado del mostrador y pesó él mismo su *feijão* y su carne. Después torció con sus tremendas manos negras la blanca y afilada nariz de João Vermelho. Nosotros reíamos como locos.

Honório también sabía cantar. Y de noche su voz llenaba el silencio, acompañada por la guitarra de Colodino.

Se hablaba de las muchachas de Pirangi. Casi todos los trabajadores tenían sus amoríos. Algunos se casaban por la iglesia, otros se amancebaban, lo que era mucho más común. Legiones de hijos ayudaban a los padres en las plantaciones. Muy pocos sabían leer. Instrucción de veras sólo teníamos yo y Colodino, que había ido a la escuela y leía y escribía para todos.

Hacía años que Honorio luchaba con la cartilla del abecedario, pero no logró pasar de las vocales. Quería aprender a leer para comprar las historias en verso de Lucas da Feira, João do Telhado y Lampião. João Grilo[1], a quien le decían «doctor»,

---

1. João Grilo: Juan Grillo. *(N. de las T.)*

conocía esas historias y nos las recitaba, para nuestra fascinación. Honório todavía pretendía aprender el alfabeto. Colodino hacía de maestro. Pero eso no entraba en la cabeza del gigante.

João Grilo, mulatísimo, bromeaba:

—Esto pasa porque eres negro, Honório. Nosotros, los blancos, somos los que sabemos... Yo, el doctor João Nabuco da Silveira Nascimento, João Grilo para el vulgo...

—¿Y tú qué eres, mulato?

—Soy blanco, sin duda. Si fuera negro por un solo minuto, me suicidaba con una cuerda.

Honório se reía con fuerza y Colodino gemía en la guitarra nostalgias de otras tierras y de morenas con vestidos de percal.

A las nueve de la noche el silencio lo llenaba todo y nos tendíamos sobre los tablones que servían de camas y dormíamos de un tirón, sin sueños y sin esperanzas. Sabíamos que al otro día continuaríamos recogiendo cacao para ganar tres mil quinientos *réis* que el economato nos quitaría. Los sábados íbamos a Pirangi a poner el sexo al día. Algunos llevaban meses sin salir de la hacienda y se satisfacían con las yeguas de la tropa. Mineira, la madrina de la manada, era viciosa y se la disputaban. Los muchachitos, desde pequeños, se ejercitaban con cabras y ovejas.

Nadie protestaba. Todo estaba bien. Vivíamos casi fuera del mundo y nuestra miseria no le interesaba a nadie. Se vivía por vivir. Sólo muy de vez en cuando surgía la idea de que un día aquello podía cambiar. Cómo, no sabíamos. Ninguno de nosotros podría llegar a ser hacendado. De entre mil, se enriquecía uno. En la hacienda Fraternidad sólo Algemiro había logrado algo. El coronel le había comprado un campo que valía unos treinta *contos* y que él pagaba con las cosechas. ¿Cómo íbamos, entonces, a salir de aquella situación de miseria? A veces pensábamos en eso. Sobre todo Colodino.

Honório afirmaba:

—Un día de éstos mato a esos coroneles y nos repartimos todo.

Nosotros reíamos. Y no sé por qué la riqueza no nos tentaba mucho. Queríamos un poco de bienestar para mejorar nuestra gran miseria. Más animales que hombres, teníamos un vocabulario reducidísimo, en el que imperaban las palabrotas. Yo, en aquel tiempo, al igual que los demás trabajadores, nada sabía de las luchas de clases. Pero intuíamos algo.

Y pensábamos en la fórmula de Honório hasta que llegaba el sábado y nos íbamos a Pirangi.

Pirangi

João Grilo trajo el anuncio, que yo leí en voz alta:

¡Despierta, juventud alegre!
En el pintoresco pueblo de Pirangi, donde está
ubicada la casa de diversiones
CINE ALIANÇA,
convocamos su atención a fin de dar realce a las
fiestas que va a presentar la querida
Comparsa Carnavalesca
Bacuraus em Folia: Un picnic
y baile al aire libre, $ 2.000 por el festejo
completo con invitación.
Por la tarde: subasta, kermés y juegos, diversiones
que se desarrollarán por la mañana; por la noche
se proyectará la película sobre el más allá
Águias modernas[1].
El servicio de bar y de bufé será irreprochable.

---

1. *Águias modernas:* Águilas modernas. *(N. de las T.)*

Es de destacar que por la mañana del día 6
se presentarán en un camión, que anunciará
los festejos, señoritas y la afinada orquesta,
con el fin de dar mayor relieve al festival.
Anunciamos, a los que deseen
con su presencia dar brillo a esta fiesta, que
podrán utilizar
el automóvil n.º 51, que estará a disposición
y al alcance de cualquier bolsillo.
Esperamos ver flores, música y risas.

* * *

Cuando terminé de leer, Honório gritó:

—¡Eh! Voy a estrenar mi chaqueta…

Nos pusimos de acuerdo para ir, un grupo grande. Yo, Honório, Antônio Barriguinha, João Grilo, Nilo, João Vermelho y varios otros. Colodino también iría y llevaría a su novia, Magnólia, la morena más bonita de la zona.

Colodino trabajaba desde hacía mucho en la construcción de los secaderos de la hacienda. Allí conoció a Magnólia, hija de doña Júlia, una vieja de cincuenta años. Ambas eran «alquiladas» de la hacienda para la recolección del cacao. Magnólia era bonita, sí. No como esas campesinas heroicas de novelas de escritores que nunca estuvieron en una plantación. Manos callosas y pies grandes. Nadie que trabaje en una hacienda de cacao tiene los pies pequeños. Senos abundantes que muchas veces asomaban entre los desgarrones del vestido viejo. Pero nosotros no le prestábamos atención. Como novia de Colodino, la respetábamos. Un poco envejecida, tal vez, para sus veinte años. Pero Colodino la amaba y le cantaba con la guitarra canciones improvisadas. A veces, por la noche, pasábamos por la casa de la vieja Júlia a tomar un trago de cachaza y charlar un rato. No crean que Magnólia sabía conversar. Eso no existe en el campo. Sabía palabrotas, y las soltaba en todo momento. A pesar de eso y de que se bañaba desnuda en el riachuelo, nunca le dio esperanzas a nadie, y sin duda Colodino iba a ser feliz con ella.

Pero en las haciendas de cacao hay siempre algo que se llama «el hijo del coronel», que estudia en Bahía, y es ignorante y grosero.

También Mané Frajelo tenía un hijo, Osório, que vagabundeaba por la facultad de Derecho desde hacía algunos años…

* * *

Pirangi tenía una calle única, de unos dos kilómetros. La casa de diversiones Cine Aliança se hallaba situada en el centro mismo del pueblito. Allí se habían montado los puestos para la subasta y para la kermés. Había mucha gente del pueblo y de las haciendas cercanas. Árabes del comercio local charlaban entre ellos. Muchachas de Pirangi y jovencitas del campo, con ojos bajos y vestidos anticuados. Las mejillas imitaban las de las damas de la alta sociedad, horriblemente pintadas. La orquesta, un grupo de negros, alegraba con instrumentos desafinados a los asistentes. Un fotógrafo ambulante hacía retratos en quince minutos.

Se comentaba la presentación de la comparsa carnavalesca Bacuraus em Folia. Algunos decían que la murga no asistiría. Que había habido pelea entre los directivos. Otros no lo creían. Discutían entre insultos y risotadas.

—Esto es un descontrol. Es posible que los Bacuraus no vengan.

—Pero si no vienen yo quiero que me devuelvan mis dos *mil-réis*.

Pasaban trabajadores. Se les adivinaba el revólver debajo de la chaqueta. Rara era la fiesta que no terminaba en altercado. Los cuatro soldados que vigilaban el pueblo representaban bien el orden brasileño. Bebían más que nadie y pellizcaban a las mulatas.

—Déjeme, no sea estúpido.

—Ven acá, querida, no seas mala.

—Conmigo no, ¡cruz del diablo, Satanás!

—Soy un santo, mi amor.

—Ve a molestar a tu madre…

—Yegua… Maldita.

Y los pellizcones y las burlas continuaban. Fumaban cigarros de cincuenta *réis* y llenaban el aire con el ruido de sus carcajadas.

Las familias de los médicos y los comerciantes ricos se sentaban aisladas en sillas dispuestas en las aceras. Para la clase social alta había baile en la casa del doctor Domingos, el farmacéutico. Pero comenzaba a las diez, y los ricos querían disfrutar primero de la fiesta de los pobres.

Se compraban entradas para el baile al aire libre y para el cine. De vez en cuando, un comienzo de altercado con gritos y correrías que los menos borrachos intentaban evitar.

* * *

Cuando llegamos nosotros, comenzaba la subasta. Colodino se hizo con una muñeca rubia para Magnólia. Don José Rodrigues se desgañitaba sobre una tarima:

–¿Quién da más? ¿Quién da más? Ocho *mil-réis* por una muñeca que hasta cierra los ojos. Es muy poco… ¿Quién da más?

Nadie daba más. Colodino se quedó con la muñeca y pagó con billetes viejos de diez tostones, rotos y pegados con jabón.

Los Bacuraus em Folia llegaron, y toda la gente rodeó a la comparsa. Bailaban y cantaban, y el abanderado realizaba prodigios de danza con la bandera. Los presentes cantaban a coro el estribillo:

>*¡Eh! Vamos a divertirnos…*
>*¡Eh! Vamos a divertirnos…*

João Grilo distribuía pellizcos a diestra y siniestra en medio de la aglomeración. Una vieja se quejó:

—Me pellizcaron el culo…
—Imaginaciones tuyas, vejestorio.
—¡Sinvergüenza!
—¡Bruja!

> *¡Eh! Vamos a divertirnos…*
> *¡Eh! Vamos a divertirnos…*

El abanderado parecía poseído por un espíritu. Bailaba ritos africanos que llevaba de herencia en la sangre. Se agachaba con la bandera y de repente se levantaba sobre la punta de los pies, que apenas tocaban el suelo. No veía a nadie, totalmente poseído por la danza. El Congo, los desiertos, las noches con rugidos de fieras, Orixalá, cuántas cosas había en aquella danza…

La orquesta se detuvo. Gritaron:
—¡Vivan los Bacuraus em Folia!
—¡Vivaaa!…

Y la comparsa se marchó para visitar las casas de los ricos, donde había bebidas y dulces. La gente volvió a pasear, esperando la hora del cine y del baile. Algunas personas acompañaron a los Bacuraus. Honório fue a tomar una cerveza en el bar de don Isaac, bar que funcionaba a partir de las diez como cabaré.

* * *

Honório se puso la famosa chaqueta de mezcla azul. Una corbata hecha con una cinta de sombrero y unos enormes botines que aun así le costó indecible trabajo calzar. Ahora se demoraba en la puerta de una casa, conversando con una prostituta conocida. Cuando volvió, reventaba de orgullo.

–Mariazinha me invitó a dormir con ella hoy.
–Buen provecho… A mí me despachó corriendo…
–Lo que pasa es que estás despechado, João Grilo, porque invitó a este servidor. Tú ya tuviste tu historia con ella.
–¿Yo? Nada que ver… ¿Con esa loca? Ella fue la que me hizo un hechizo para pescarme.

En respuesta, Honório se reía a carcajadas.

–¿Piensas que es mentira? Pregúntale a Antônio Barriguinha… Él vio el *despacho*. Aceite de *dendê*, pelos de sobaco y harina de mandioca…
–Estás inventando, mulato bruto.
–Vas a ver los resultados, negro burro.

Mariazinha tendría unos dieciocho años; era una mulata joven. Pero entre ella y Zefa, una vieja de cincuenta, no había diferencia. La misma cara consumida y las mismas piernas llenas de lastimaduras.

* * *

El cine se llenó. Había un montón de gente de pie. De no haber estado acostumbrados a las pulgas y las chinches, ni habríamos mirado la cinta. De todos modos nos rascábamos mucho. Nosotros ocupamos casi toda una fila. Quedó un solo lugar, donde se sentó un policía, justo al lado de Magnólia. Los muchachos impacientes empezaron a golpear en las butacas. Enseguida se armó un barullo infernal. Al fin empezó la película, toda estropeada. Y los ojos de aquella humanidad se extasiaban ante el lujo de Nueva York. A Honório no le gustaba.

—No me gusta el cine. Me gusta el circo.

João Grilo replicaba:

—No puedes negar que eres negro. A mí me gusta. Esto está hecho en las *Uropas*.

—Cosas extranjeras…

Y Honório estiraba un labio en gesto de desdén. Después interrogaba:

—¿Cómo es que se mueven?

—¡Ay, negro burro! ¿No ves que ahí, detrás del telón, hay un hombre, y que es la sombra de él lo que aparece?

* * *

Magnólia se agitaba en la silla, inquieta. Colodino le preguntó qué le pasaba. Nada, respondió ella, que no quería confesarle que el policía intentaba manosearla. Pero el policía siguió. Y Magnólia acabó por decir:

—Eh, Colodino, este policía me está toqueteando.

Colodino se levantó y se encaró con él.

—¿Piensas que estás manoseando a una cualquiera, a una puta?

Estalló la bofetada. El policía cayó por encima

de la silla. Se levantó medio vacilante, y empuñó el sable:

—Yo te voy a enseñar, basura, a respetar a la autoridad...

—Degenerado.

Honório derribó al policía de un puñetazo. Lo arrastraron fuera. Algunos hombres trepaban a las sillas para ver la riña. El otro policía se acercó a Colodino.

—Queda arrestado.

—No voy.

—Usted le faltó el respeto a un representante de la policía.

—Él quería manosear a mi novia.

Se aproximó Honório.

—¡Estaba borracho! Y ahora, ¿qué es lo que quiere?

El policía consideró más prudente marcharse. Y la cinta recomenzó.

* * *

Fuimos a observar la fiesta del doctor Domingos. La puerta de entrada estaba taponada de gente. Trabajadores y muchachas pobres. Algunos empleados de comercio que no habían sido invitados, metidos en su ropita blanca, esperaban poder entrar. Miraban suplicantes y envidiosos a los que bailaban. Luz eléctrica sólo había en el cine y en el bar. La casa del doctor Domingos estaba iluminada con queroseno.

Tanta luz que hacía doler los ojos. Un piano alemán se dejaba tocar por una lánguida doncella que pedía marido. Lisa como una tabla, había entrado hacía mucho en el casillero de los treinta. Afirmaba, sin embargo, con una vocecita asexuada, que cumpliría veintitrés en agosto. Esperaba un novio y mientras no aparecía tocaba el piano en las fiestas del pueblo. De vez en cuando algún muchacho compadecido la sacaba a bailar. Ella se abandonaba y se dejaba llevar, los ojos cerrados, pensando sin duda en muchas cosas feas.

Maestra pública del poblado, les pegaba a los escasos niños que frecuentaban la escuela y todo el tiempo se lo pasaba sonriendo a los jóvenes que pasaban. Los chiquillos la odiaban. Le pusieron el apodo de *Miss Asador*. Creo que ella habría dado lo que le quedaba de vida con tal de dormir una noche con un hombre.

Algemiro también bailaba. Y sobre todo vaciaba vasos y vasos de cerveza. Al capataz le encantaban aquellas fiestas de gente rica y se hinchaba de vanidad porque lo trataban bien. Había sido trabajador como nosotros y no sabía leer. Hacía catorce años que trabajaba para Mané Frajelo. Había logrado comprar un campo por treinta *contos*. El coronel le prestó el dinero, bajo la hipoteca de las cosechas. Toda su ambición se reducía a enriquecerse. Nosotros odiábamos al coronel. Pero a Algemiro lo despreciábamos. Sentíamos que no era de los nuestros. Yo, descendiente de familia rica, estaba más cerca de los trabajadores que él, que venía de generaciones y generaciones de esclavos. *Sarará,* de pelo rubio y crespo, ropa azul de casimir, todo reverencias y sonrisas, reía encantado con las conversaciones de aquellos burgueses. Nosotros, los que quedábamos fuera, sonreíamos con desprecio. Abrieron botellas de champaña en el salón comedor. Pararon los bailes y las parejas corrieron al asalto. Honório escupió:

–Yo prefiero un trago de *murici.*

Y fuimos a beber.

* * *

Colodino y Magnólia se despidieron y tomaron el camino de la hacienda. Los demás fuimos al cabaré. El cartel decía «luces, flores y mujeres». Dos lámparas eléctricas, unas raras y pobres flores artificiales y las quince o veinte rameras de la localidad. Hombres embriagados y mucha cachaza. Un jazz infame. Pero a la gente le parecía estupendo. En una pequeña sala, separada del resto de la casa por un tabique, se jugaba a la ruleta. Detrás del mostrador don Isaac dominaba la clientela. Sabía cuánto podía beber cada uno de los parroquianos. Y cuando calculaba que el dinero de alguien sólo alcanzaba para pagar lo que ya había consumido, ordenaba a los empleados que no le sirvieran más. Don Isaac nunca erraba el cálculo. El camarada se podía morir llamando a los mozos, que no lo oirían. Ese asunto de fiar no iba con don Isaac…

Mariazinha llegó con otra prostituta y se sentó a nuestra mesa.

—Págame una cerveza, Honório.

—Estoy seco, querida.

—No seas malo, págame una.

Honório pagaba. La otra mujer me preguntaba si yo no la conocía. Como no la ubicaba, me recordó:

—Yo viajé contigo, hijito, para acá.

—¡Ah, ya sé!…

—Me habías olvidado, ¿no?

—Nunca más te vi.

—¿Trabajaste mucho?

—Un montón…

—Y hoy viniste a gastar…

—Sí… Y a ti, ¿te gustó el lugar?

—Más o menos… Se come…

—Ya es algo.

—En Sergipe no alcanza para comer.

Ella pasaba las manos por mi cabello rubio.

—Eres de buena familia, ¿no?

—Soy «alquilado» de Mané Frajelo.

—Deja de lado el orgullo. Yo también soy de buena familia. Mis hermanas están todas casadas. Tengo dos hermanos licenciados: uno médico y otro abogado. Mi padre…

Miraba el fondo del vaso de cerveza y lo vació de un trago.

—Dios me proteja si mi familia se entera de que soy una mujer de la vida. Mi madre se moriría.

—¿Cómo fue?
—Me casé. Él era viajante. Me dejó en Bahía. Viví mucho tiempo allá. Después recorrí las ciudades del Recôncavo… Y ahora estoy aquí.
—¿Nunca más viste a tu marido?
—No. Por suerte.
—Esta vida…

Tomó mi vaso de cerveza. Llevaba al cuello una cruz de piedras falsas.

—¿Vamos a bailar?
—Vamos.

Honório escondía los labios morenos de Mariazinha entre sus labios negros.

* * *

Fuimos a la casa de las mujeres bajo una lluvia fina. Cuando entré en la habitación, Antonieta me dijo:

—M'hijo, no puedo estar contigo. Prefiero no ganar el dinero. Te contagiaría una enfermedad. Ya estoy casi curada, pero de todos modos…

La calle del Barro

Por la mañana, Antonieta me mostró una nota de la lavandera:

Doña Antonieta:
Mensaje de la lavandera: le pido que me haga el favor de conseguirme el dinero que estoy necesitando mucho, tenga la gentileza de mandármelo, porque yo la esperé un mes, disculpe que se lo mande cobrar, pero usted sabe que soy pobre y lo necesito.

Madalena

—¿Cuánto es?
—Tres *mil-réis*.
Le di mis últimos cinco *mil-réis*.
—Gracias, querido. Cuando me cure del todo, serás mi preferido. Eres la primera persona de corazón que encuentro aquí, en el sur.

Me lavé la cara y después Antonieta peinó mi pelo ensortijado.

* * *

Más allá de esa calle de dos kilómetros, existía en Pirangi un callejón sin salida, al que llamaban con justa razón *rua da Lama*, la calle del Barro. A pesar del lodazal, las señoras casadas temían aquella calle de mujeres perdidas.

—La policía debería prohibir todo eso —decían.
—¡La policía! Ellos son los primeros…
—Así es, doña Rosália. Nuestros maridos van a gastar todo lo que ganan con esas desgraciadas, que Dios me perdone.
—Y yo, que necesito un sombrero y un vestido… Manoel lo único que hace es prometer. Creo que les da el dinero.
—Ellas se lo arrancan…
—Pero Dios castiga, doña Rosália, Dios castiga.

* * *

Zilda era una mulatita clara, con ojos grandes de niña que nada sabe de la vida. La conocí a la hora del desayuno. Era prostituta desde los once años. Vivía en esa casita con Antonieta, Mariazinha y Zefa. Sobre su cuerpo apenas un vestido, plagado de desgarrones. Casi no tenía senos la pobre niña. Tomaba el café de manera mecánica, sin hablar. João

Grilo, que se había acostado con ella, la besaba. Ella se dejaba besar sin rechazarlo, naturalmente. Aquello formaba parte de la profesión. Y ella, de apenas trece años, la conocía muy bien.

–¿Cuántos años tienes, niña?
–Trece.
–¿Nada más?
–Los cumplo pasado mañana.
–¿Quién fue?
–El hijo del coronel Misael…
–¿Qué edad tenías?
–Iba a cumplir once.
–¿Y ya eras señorita?
–Todavía no.

Zefa me contó toda la historia. Hija del viejo Ascenço, Zilda constituía toda su familia. Trabajaban para Mané Frajelo, él en la cosecha de los frutos, ella en la recolección del cacao. Vivían al borde del camino. Todos los años, Osório, el hijo del coronel, que estudiaba en Bahía, iba a pasar las vacaciones en la hacienda. El viejo Ascenço, desde la puerta de la casa, lo saludaba y le preguntaba por sus estudios.

–¿Cómo le va, coronelito, con sus lecturas?

El estudiante detenía el burro para mirar los muslos de Zilda, bien gruesos a pesar de sus diez años. Un día Osório iba al pueblo. El viejo Ascenço estaba en Pirangi, y Zilda arreglaba la casa. Comenzó a llover y Osório le pidió refugio. No respetó los diez años de Zilda. Tragedia de gente pobre: un padre que echa a la hija a la calle y muere del disgusto.

–Y a la tonta todavía le gusta ese miserable.

Zilda confesaba:

–Me gusta, qué voy a hacer. Es tan lindo… Cuando venga este año, va a dormir conmigo…

* * *

El suicidio de Zilda fue una de las cosas que más me conmovieron durante mi estancia en el sur de Bahía. Cuando ella se enteró de que el futuro doctor iría a pasar las fiestas de San Juan en la hacienda, compró con sus ahorros un vestido nuevo y una cajita de colorete.

Con vestido nuevo y muy pintada, lo esperó en mitad del camino. Él pasó sin prestarle atención. Pero por la noche bajó al pueblo y fue a la calle del Barro. Zilda lo llamó.

–Osório…

–¿Quién eres?

–Zilda.

–¿Qué Zilda?

–Tú me desvirgaste en la hacienda de tu padre.

–Qué fea estás… Estás hecha un vejestorio…

Y fue a acostarse con Antonieta.

Al otro día Zilda tomó veneno. Las rameras juntaron entre todas el dinero para enterrarla, pues ella había gastado sus ahorros en el vestido nuevo. Cuando pasó el cortejo, pobre cajón mal pintado, Osório cruzaba el pueblo a caballo.

—¿Quién es el difunto?
—Zilda.
—¿Murió?
—Se mató.
—Que sea feliz en el infierno…

* * *

Doña Rosália no creía que una prostituta pudiera suicidarse por amor. Una prostituta se mata como expiación por sus pecados, amén.

* * *

Nunca pude comprender por qué los prostíbulos estaban llenos de cuadros y estatuillas de santos. En la calle del Barro era así. La imagen de Nuestro Señor de Bonfim estaba en todas las casas. Antonieta, antes de acostarse con un macho, rezaba. Creían en hechizos y hacían promesas. Maldecían la vida que llevaban y sin embargo agradecían todos los días al Creador el haber nacido. El fraile Bento hablaba contra ellas en los sermones de los domingos. Pero el fraile Bento, según me contó Zefa, era cliente de la mujer del doctor Renato.

Pobres mujeres, que lloraban, rezaban y se emborrachaban en la calle del Barro. Pobres obreras del sexo. ¿Cuándo llegará el día de su liberación?

Cuántos manantiales de cariño perdidos, cuántas buenas madres y buenas trabajadoras. Pobres de ustedes, a quienes las señoras casadas no dan derecho ni siquiera al reino de los cielos. Pero los ricos no se avergüenzan de la prostitución. Se contentan con despreciar a las infelices. Olvidan que fueron ellos los que las arrojaron allí.

No dejo de pensar en el día en que la calle del Barro se subleve, despedace las imágenes de los santos, se apodere de las cocinas de los ricos. Ese día, hasta hijos podrán tener.

Cacao

En el sur de Bahía, *cacao* es la única palabra que suena bien. Las plantaciones son hermosas cuando están cargadas de frutos amarillos. Al comenzar cada año, los coroneles miran el horizonte y hacen sus previsiones acerca del tiempo y la cosecha. Y viene entonces la época de las *empreitadas* con los trabajadores. La *empreitada*, especie de contrato para la cosecha de una plantación, se realiza en general con los trabajadores casados, que tienen mujer e hijos. Ellos se comprometen a cosechar toda una plantación y pueden «alquilar» trabajadores para que los ayuden. Otros trabajadores, los que no tienen familia, quedan para servicios varios. Trabajan por día y trabajan en todo. En el corte, en la recolección, en los tanques de fermentación y en los secaderos. Éstos representaban una gran mayoría. Ganábamos unos tres mil quinientos *réis* por día de trabajo, pero en los buenos tiempos llegaban a pagar hasta cinco mil.

Partíamos por la mañana con las largas varas, en lo alto de las cuales una pequeña hoz brillaba al sol. Y nos internábamos entre los árboles de cacao para la recolección. En la plantación que había sido de João Evangelista, una de las mejores de la hacienda, trabajaba un grupo grande. Yo, Honório, Nilo, Valentim y unos seis más cortábamos los frutos. Magnólia, la vieja Júlia, Simeão, Rita, João Grilo y otros los recogían y partían. Se formaban unas montañas de semillas blancas de las que escurría su pulpa. Nosotros, los que cortábamos, nos alejábamos unos de otros y apenas si intercambiábamos algunas palabras. Los de la recolección conversaban y reían. El grupo del cacao blando llegaba y llenaba las cestas. El cacao se transportaba hasta los tanques para los tres días de fermentación. Nosotros teníamos que bailar sobre las semillas pegajosas, y la pulpa se nos adhería a los pies. Una pulpa que resistía los baños y el rústico jabón. Después, ya sin esa envoltura, el cacao se secaba al sol, esparcido en los tendales. Allí también bailábamos sobre las semillas y cantábamos. Los pies nos quedaban ensanchados, los dedos abiertos. Al cabo de ocho días las semillas de cacao estaban negras y olían a chocolate. Antônio Barriguinha, entonces, transportaba bolsas y más bolsas hacia Pirangi, en recuas de cuarenta a cincuenta burros. La mayoría de los «alquilados» y los *empreiteiros* sólo conocían del chocolate aquel olor parecido que tiene el cacao.

* * *

Cuando llegaba el mediodía (el sol hacía de reloj), interrumpíamos el trabajo y nos reuníamos con los de la recolección para reponer fuerzas. Comíamos un trozo de carne seca y el *feijão* cocido durante la mañana, y la botella de cachaza corría de mano en mano.

Se chasqueaba la lengua y se escupían gruesos escupitajos. Nos quedábamos charlando sin prestar atención a las culebras que pasaban, produciendo ruidos extraños entre las hojas secas que tapizaban por completo el suelo. Valentim sabía historias graciosas, y nos las contaba. Viejo de más de setenta años, trabajaba como pocos y bebía como nadie. Interpretaba la Biblia a su manera, completamente diferente de como lo hacían los católicos y los protestantes. Un día nos contó el capítulo de Caín y Abel.

—¿No lo conocen? Pero está en los libros…

—Cuente, viejo.

—Dios dio de herencia a Caín y a Abel una plantación de cacao para que se la repartieran. Caín, que era un hombre malo, dividió la hacienda en tres pedazos. Y le dijo a Abel: «Este primer pedazo es mío. El del medio, mío y tuyo. El último, también mío». Abel respondió: «No hagas eso, hermanito, que me partes el corazón»… Caín se rió. «¡Ah! ¿Se te parte el corazón? ¡Entonces toma!» Sacó el revólver y, ¡pum!, mató a Abel de un solo tiro. Esto fue hace muchos años…

—Caín debe de ser el abuelo de Mané Frajelo.
—No, qué va. La abuela de Mané Frajelo era la prostituta del Pontal.
—¿Tú lo sabes, Honório?
—Sí. La madre se murió de hambre cuando ya no pudo acostarse con ningún hombre. Al hijo ni le importaba…
—Qué miserable.
—Pero sentía vergüenza de la madre.
—Su propia madre…

* * *

Jaca y banana eran nuestros únicos e invariables postres. No conocíamos otro. Cuando terminaba el almuerzo, João Grilo trepaba a la *jaqueira* y tiraba abajo las maduras. Comíamos con las manos, los dedos cubiertos del jugo viscoso. Las mujeres preferían la *jaca* dura. Nosotros, los hombres, hundíamos los dedos en las blandas; João Grilo, con toda su delgadez, comía por varios. Cierto día había batido el récord al comer ciento dos gajos. El hecho corría por las plantaciones como una leyenda. Pero João Grilo se sentía capaz de repetir la proeza.

Algemiro pasaba siempre montado en *Carbonato,* su burro predilecto, a controlar a los trabajadores. Si las tareas iban atrasadas, protestaba.

—Esto marcha muy atrasado… Son más lentos que un caracol.

Honório replicaba con gesto adusto:

—¿Ya te olvidaste de que es un trabajo duro? ¿Cuando lo hacías tú eras más rápido?

A Algemiro no le gustaba que le recordaran aquellos tiempos. Azuzaba al burro.

—No quiero charla. Hay que trabajar...

La cosecha continuaba. Los frutos caían con un golpe sordo: *pam-pam*. Honório cantaba canciones de *macumba*:

> *Soy un* caboquinho
> *todo de plumas vestido;*
> *sólo me posé en tierra*
> *para beber* jurema.

La voz se perdía entre los cacaos. El golpe monótono de los frutos acompañaba la copla como negros tocando los *urucungos*:

> *Pam-pam-pam*
> *Para beber* jurema
> *Para beber* jurema.

Sombra. Mucha sombra. El viento, cuando sacudía los árboles, hacía caer gotas de agua sobre nuestros hombros desnudos. Nos estremecíamos. João Grilo ideó cierta vez una ocurrencia chistosa, uno de los grandes orgullos de su vida de mulato haragán:

—Cuando te mojan las gotas, nada mejor que una copa[1]... —y empinó la botella.

---

1. En el original, un juego de palabras imposible de traducir con fidelidad: «*Para esses pingos só uma pinga*» (literalmente: «Para estas gotas, sólo una cachaza»). Resulta obvio el chiste con *pingo* (gota)

Honório, mientras cortaba frutos, buscaba su ideal:

> *Yo quiero una morena*
> *Que sea bonita*
> *Que sea bonita*
> *Con moño de cinta.*

La morena no aparecía.

> *Yo quiero una viuda*
> *Que sea rica*
> *Que sea rica*
> *Y se vista fina.*

Pero ni la morena ni la viuda aparecían. Magnólia sonreía con las canciones, los ojos perdidos a lo lejos, aunque sus manos seguían trabajando, el machete partiendo los frutos. «Está recordando a Colodino», pensábamos nosotros. Y en nuestras vidas sin amor (¿existe el amor en las haciendas de cacao…?) teníamos momentos de nostalgia. ¿El amor se habría hecho sólo para los ricos? Honório decía en voz alta lo que nos decíamos por dentro:
—Qué vida de mierda.

* * *

y *pinga* (bebida alcohólica, sobre todo cachaza o aguardiente). *(N. de las T.)*

Los tendales largos y anchos daban la idea de un grupo de fieras, con la boca desmesuradamente abierta, que dormían al sol. Las semillas se secaban. Nosotros, dos veces por día, bailábamos sobre ellas, una danza en la que sólo los pies se movían. El sol quemaba los hombros desnudos. El recipiente de fermentación, en el fondo, un rectángulo sucio por cuyas grietas chorreaba un líquido viscoso, parecía una ratonera. Y dominándolo todo, la estufa, donde se secaba el cacao los días de lluvia a fuerza de fuego, con su horno alto.

Cuando llovía corríamos los techos de cinc sobre los secaderos. En junio y julio casi todo el cacao iba a la estufa, pues los días de sol eran raros.

La estufa nos tragaba uno a uno y trabajábamos bajo un calor infernal. El infierno, ni siquiera el que describían los curas alemanes de São Cristóvão, no podía ser peor. Sudábamos como condenados y cuando salíamos de allí, con los pantalones empapados, nos arrojábamos al riachuelo.

Una vez, no obstante, João Amaro, después del trabajo en la estufa, devoró una sandía. Velamos el cadáver toda la noche. Y comenzamos a temer a la estufa como a un enemigo poderoso. João Amaro dejó mujer y tres hijas. La vieja y dos de las hijas cayeron en la prostitución. La otra se fue a vivir con Simeão sin las bendiciones innecesarias de juez y cura.

* * *

Conversábamos, por la tarde, frente al almacén, mientras afilábamos los cuchillos. Algemiro se bajó del burro.

—¡Deoclécio!

El encargado del secadero preguntó:

—¿Qué pasa?

—Recibí carta del coronel.

—...

—En la última partida fueron treinta arrobas *good*.

—¿*Good*? De mis secaderos sólo salió cacao superior.

—Entonces fue del secadero de Zé Luís.

—Debe de haber sido.

—El coronel mandó despedir al encargado del secadero.

—Hoy es día de entrega de provisiones. Zé Luís vendrá por aquí...

Zé Luís trabajaba en las más distantes plantaciones de la hacienda. Se encargaba de los tendales y había cometido un crimen imperdonable para los coroneles: dejó enmohecer treinta arrobas de cacao. El cacao *good* se vendía a dos *mil-réis* menos la arroba. Zé Luís bebía mucho y sufría de paludismo crónico. Pero ni la cachaza ni la enfermedad le impedían trabajar. Ambas formaban parte de su vida.

Cuando llegó, lo miramos casi con tristeza. Algemiro le anunció:

—Estás despedido, Zé Luís.

—¿Por qué?
—Treinta arrobas de cacao salieron *good*.
—¿Y yo qué culpa tengo? Tuvimos la desgracia de que lloviera mucho. El coronel quería el cacao enseguida...
—Son órdenes. ¡João Vermelho!
Apareció el encargado de la despensa.
—¿Qué pasa?
—¿Ya hiciste las cuentas de Zé Luís?
—Sí.
—¿Tiene algo para cobrar?
—Dieciocho *mil-réis*.
Zé Luís se resignaba.
—Está bien. Dámelos y me voy a buscar trabajo a otra parte.
—No, señor —protestó Algemiro—. Vas a pagar por el perjuicio del coronel. Dos *mil-réis* por arroba. Son treinta arrobas. ¿Cuánto es, João Vermelho?
—Sesenta *mil-réis*.
—Vas a trabajar en la plantación hasta pagarlo.
—¿Qué? Pagar, una mierda...
—Es la única solución.
—¿Y con qué como?
—Come bananas...
—No soy un esclavo.
—¿Y qué vas a hacer, si no?
—Me voy, y quiero mi dinero.
—No se te pagará.
Por la noche, sin su dinero, Zé Luís huyó. Algemiro y João Vermelho le siguieron el rastro, bien

montados, le quitaron el machete y el atado de ropa, y por la hacienda corrió la voz de que le habían dado una paliza. También se dijo que fue Zé Luís el que disparó a Algemiro una noche sin luna, en el camino a Pirangi.

* * *

Doña Margarida vendía jugo de caña de azúcar y una cachaza verdosa (dentro de la botella había una cruz) a un costado del camino. Casita rústica de paja. Los cinco hijos pequeños corrían por el monte, desnudos, las caras cruzadas de cicatrices de espinas. No sé por qué el coronel toleraba aquel pequeño comercio de doña Margarida dentro de la hacienda. Arruinada por las calamidades, aparentaba cincuenta años, pero pienso que apenas si tendría treinta. La de doña Margarida era una historia que los escritores calificarían de «horrenda tragedia», si vinieran escritores a las plantaciones de cacao.

El marido, condenado a dieciocho años, penaba en una cárcel.

Simple historia del sur del estado. Habían llegado de Ceará hacía ya mucho tiempo. El marido iba a ser contratista del coronel Henrique Silva, en Palestina. Interesante modalidad de trabajador, el contratista. La hacienda contrata con un jefe de familia la tala de un monte de una zona y el cultivo, en ese terreno, de una plantación. El contratista queda como dueño del terreno durante los dos o tres años del contrato. Planta mandioca y verduras, de las que vive. Y al finalizar el contrato el patrón le paga quinientos u ochocientos *réis* por árbol de cacao.

Osvaldo, el marido de doña Margarida, hizo un negocio así con el coronel Enrique Silva. Terminado el plazo, trató de cobrar su dinero. El coronel no pagó. Osvaldo fue a Ilhéus unas tres veces, a reclamar ante las autoridades. La última, el comisario le respondió:

—Esto ya parece una pelea de mujeres. Resuélvalo como un hombre.

Osvaldo volvió, y, por la noche, mató al coronel a machetazos. El fiscal produjo una bonita pieza literaria, con citas de la Biblia y recitado de versos. El abogado defensor (que no cobraba nada) no hizo ni el menor esfuerzo. El jurado, compuesto por hacendados, condenó al reo a dieciocho años, para que sirviera de ejemplo. La mujer y los hijos fueron a verlo a la cárcel. Él lloró por primera vez en su vida. Y maldijo el cacao.

Doña Margarida anduvo a la deriva. Terminó en la hacienda Fraternidad vendiendo jugo de caña. Los hijos ya ayudaban a los trabajadores en la recolección, y ganaban quinientos *réis* por día. A pesar de odiar el cacao, temía volver a Ceará y la sequía. Allí, por lo menos, ella y los hijos comían. Había *jacas* en abundancia.

* * *

La hacienda del coronel Misael, la mayor del estado, ocupaba una zona inmensa. Nuestra casa y unas treinta más quedaban en el centro de la hacienda, pero algunas distaban una legua o legua y media. El día de reparto de provisiones, los sábados, todos los trabajadores se reunían frente al economato, esperando que João Vermelho les despachara. En la huerta de la casa grande, gallinas y pollitos escarbaban la tierra. Pasaban cerdos gordos y sucios. Había un zopilote manso, Garcia, que nos picoteaba amigablemente los pies. Nosotros charlábamos sobre la zafra y el trabajo. Se hacían planes para la noche en el pueblo. João Vermelho se acercaba despacio y saludaba:

–Buenas tardes.

–Buenas tardes.

–Que Nuestro Señor Jesucristo le conceda una buena tarde –respondía Valentim.

Entrábamos, con las bolsas a la espalda y aspecto cansado, a comprar la comida de la semana.

–Nilo –llamaba João Vermelho.

–Un kilo de carne seca, dos de *feijão*, doscientos cincuenta de jabón, doscientos cincuenta de azúcar, un litro de cachaza y medio litro de gasolina.

Y así desfilábamos, uno a uno; al terminar, salíamos a continuar la charla. João Vermelho, detrás del mostrador, pesaba las provisiones pedidas. De vez en cuando protestaba:

–¿Para qué dos kilos de carne seca? Después te quejas de que no te queda saldo a favor. Comes demasiado…

A otro le avisaba:

—Tú tienes deudas. Compra poco.

El compañero tenía que comer menos aquella semana. Y João Vermelho asentaba en un enorme libro de cuentas las compras de los trabajadores. Sólo él y el patrón sabían los precios. Estábamos obligados a comprar en el economato de la hacienda. No era de sorprender que nunca tuviéramos saldo a favor.

Fuera se conversaba sobre la cosecha:

—Un cosechón el de este año…

—Solamente Mata Seca da diez mil arrobas.

—João Evangelista da tres mil —comentaba Honório.

—¿Sabían que va a venir el coronel?

—A pasar las fiestas de San Juan, ¿no?

—Sí, y viene con la familia.

—¿A quién le tocará el descanso?

El coronel acostumbraba poner a un trabajador a disposición de la familia para ir a buscar frutas, agua, leña, y acompañar a la hija en los paseos por la hacienda.

—Una ganga.

—Yo no quiero. Doña Arlinda es bruta como el diablo.

—Pero la hija es una preciosidad.

—Ni siquiera nos mira…

Honório había quedado a disposición de la familia el año anterior. Contaba:

—No presta la menor atención al que la acompaña. Orgullosa como ella sola. Ni siquiera lo ve a uno. Se siente hasta vergüenza.

* * *

Se hacían planes para las farras en Pirangi. Después íbamos a bañarnos en el riachuelo. Con las primeras estrellas partían los que vivían lejos, con un pequeño farol encendido y el oído alerta por el miedo a la serpiente venenosa apagafuegos. Honório se vestía con la ropa dominguera y afirmaba:

—Me las voy a dar de empleado de comercio.

La noche lo envolvía todo. Lloraban las guitarras, los pájaros piaban. Los frutos amarillos de los cacaos y las serpientes que silbaban. Las estrellas brillaban en el cielo. Los faroles en el camino parecían almas en pena que volaban. La noche en las haciendas es triste, sombría, dolorosa. Es por la noche cuando uno piensa…

Jaca

«¡*Jaca! ¡Jaca!*» Los niños trepaban a los árboles como monos. La *jaca* caía –¡pum!–, y ellos caían encima. En poco rato sólo quedaba la cáscara y los hollejos, que los cerdos devoraban con gusto.

Los pies ensanchados parecían de adultos; la barriga enorme, inmensa, de la *jaca* y de la tierra que comían. La cara amarilla, de una palidez tenebrosa, denunciaba herencias de terribles enfermedades. Niños pobres y amarillos, que corrían entre el oro de los cacaos, vestidos con harapos, los ojos mortecinos, casi de imbéciles. La mayoría trabajaba desde los cinco años en la recolección. Por eso se mantenían así, raquíticos y pequeños, hasta los diez o doce años. De repente se volvían hombres corpulentos y bronceados. Dejaban de comer tierra pero seguían comiendo *jaca*.

Escuela, palabra sin sentido para ellos. ¿Para qué sirve la escuela? No vale la pena. No enseña cómo se trabaja en las plantaciones ni en los secaderos. Algunos, cuando crecían, aprendían a leer. Sumaban con los dedos. Escuela del libertinaje, sí, era el campo con las ovejas y las vacas. El sexo se desarrollaba pronto. Aquellos niños pequeños e hinchados tenían tres cosas desproporcionadas: los pies, la barriga y el sexo.

Conocían el acto sexual desde que nacían. Los padres se amaban ante sus ojos, y varios habían visto a la madre tener muchos maridos.

Fumaban cigarros de tabaco picado, y bebían grandes tragos de cachaza desde la más temprana infancia. Aprendían a temer al coronel y al capataz, y asumían aquella mezcla de amor y de odio de los padres por el cacao. Rodaban como los cerdos por el barro y aceptaban la bendición a todo el mundo. Tenían una vaga idea de Dios, un ser semejante al coronel, que premiaba a los ricos y castigaba a los pobres. Crecían llenos de supersticiones y de heridas. Sin religión, consideraban al cura como un enemigo. Lo odiaban naturalmente, como odiaban a las serpientes venenosas y a los hijos pequeños de los hacendados. A los doce años los trabajadores los llevaban a Pirangi, a casas de putas. Con la enfermedad mala se hacían hombres. En vez de quinientos *réis,* pasaban a ganar mil quinientos.

* * *

Multitud de chiquillos, de nombres comunes: João, José, Mária, Pedro, Mária de Lourdes, Paulo, que nunca habían tenido juguetes y muñecas. Algunos llevaban nombres raros como de héroes de novelas aristocráticas: Luís Carlos, Tito Lívio, César, Augusto, Jorge, Alda, Gilca. Descubrí después que todos eran ahijados de Mária, la hija del coronel.

Los bautismos se llevaban a cabo una vez por año, para Navidad. El coronel y la familia invitaban a un cura a celebrar una misa en la plantación. Familias de Ilhéus, Itabuna y Pirangi llenaban la casa grande de la hacienda. Se sacrificaban cerdos, gallinas, pavos y corderos, y por la noche se bailaba al son de un fonógrafo. Ocho días de fiesta para aquella gente de la ciudad, que evitaba rozarnos por miedo a ensuciarse y que buscaba charla, desde lejos, para después reírse de las burradas que decíamos.

Con el día de Navidad llegaba la gran fiesta. Trabajadores de los más distantes puntos, familias enteras de contratistas, llegaban a pie a bautizar a los hijos. Los hombres cargaban los botines al hombro y se remangaban los pantalones de fiesta. Iban hasta la casa grande a saludar al coronel y a la familia. Los visitantes se mofaban con risitas sarcásticas porque las mujeres entraban con la cabeza gacha, intimidadas, y los chiquillos raquíticos y barrigudos aceptaban la bendición de todos y les besaban las manos.

—Besa la mano del doctor Osório, maleducado. Muestra buenos modales...

Pellizcos, caras de llanto, caras de risa.

Después volvían al frente del economato, donde la cachaza corría y las guitarras y los acordeones cantaban alegrías y tristezas, historias de amores primitivos con morenas de moños de cintas, vestido de percal, flores silvestres del campo.

Todos bebían. Hombres, mujeres y niños. La fiesta no nos alegraba. Nos alegraba el día sin trabajo, pero con salario.

* * *

El altar levantado en la galería de la casa grande se ocultaba entre flores dispuestas allí por las manos bien cuidadas de Mária y sus amigas. Los cuadros de santos casi no podían verse, de tantas rosas. A las diez, la familia del coronel y las visitas de la ciudad se dispersaban por la galería. Nosotros nos instalábamos en el patio. El cura empezaba la ceremonia. Los ricos se arrodillaban, las muchachas rezaban con rosarios de plata o misales con cierre de oro. Los pobres permanecían de pie; algunos hacían bromas.

—Yo no me arrodillo para no ensuciarme el pantalón… Lo compré ayer…

Las mujeres de los trabajadores rezaban también, oraciones raras, semicatólicas y semifetichistas:

Santa Bárbara, líbranos de truenos, pestes y
mordeduras de víboras. Líbranos de los malos espíritus,
de los lobisones y las «mulas sin cabeza».
Haz que mi marido tenga saldo a favor para que
*   [podamos*

*irnos a Piauí o por lo menos a Bahía
para ver al Santo Jubiabá, hijo de Orixalá, Nuestro
Señor. Quiero que mi marido se ponga bien, porque
si no, nos moriremos de hambre, mi Santa Bárbara.
Libra a mi hermano Júlio de esa desgraciada de
la Sinhá, que le gasta todo el salario. Protege
nuestra casa del espíritu del* caboclo *Curisco,
que anda armando barullo. Amén.*

Y se persignaban, turbadas. Las ricas rezaban con los vestidos escotados, una piel, Dios mío, blanquísima, semejantes a esas frutas europeas. Nosotros, con los ojos bajos, tratábamos de ver los senos y los muslos. Se comentaba:

–Si yo tuviera eso en la cama...
–A lo mejor ni siquiera se te levantaba...
–¡Ni lo digas!...
–Qué pedazo de mujer.
–Miren, estoy viendo un pecho, ¡qué belleza!

Y las damas, albas como semillas de cacao recién salidas del fruto, entregadas por entero a la devoción, dejaban que uno viera sus encantos diferentes, que llenaban nuestro descanso de sueños malos en las noches solitarias de la hacienda.

El sacerdote levantaba la hostia. Se arrodillaban todos, con excepción de Colodino, que no creía. Los demás éramos indiferentes. Nos arrodillábamos por arrodillarnos. ¿Qué importaba?

Cuando las muchachas se levantaban, los vestidos se alzaban y aparecían los muslos, que deslumbraban nuestros ojos vírgenes de carne de mujeres bonitas. Y ellas sonreían a los jóvenes estudiantes que traía el hijo del coronel. Al otro día uno les tenía odio, y un deseo reprimido, pavoroso.

A continuación venía el bautismo. Treinta niños, cuarenta, una multitud, bautizados todos de una vez, como un rebaño de ganado que fuera a ser herrado. Mária sostenía velas y buscaba nombres complicados para sus ahijados. Los más pequeños lloraban, los mayores no comprendían. Empezaban a llamar «padrino» al coronel y «madrina» a Mária.

El padre, vestido de oro y seda, nos daba envidia. Pronunciaba después un sermón bien escrito. Afirmaba que uno debía obedecer a los patrones y a los curas. Que no se debían prestar oídos a teorías igualitarias (nosotros nos moríamos de ganas de conocer tales teorías). Amenazaba con el infierno a los malos, a los que se rebelaran. Ofrecía el cielo a los que se conformaran.

Parejas amancebadas desde hacía mucho se dejaban bendecir por el cura. Pero, a pesar de quedar casadas por el rito religioso, Dios no mejoraba su suerte. Seguían en la misma miseria de todos los días.

Concluidas las ceremonias, el cura sonreía al coronel, el coronel sonreía a los presentes e iban todos a la mesa, adornada con flores, vinos y gallinas. El coronel ordenaba que a nosotros nos dieran aguardiente. Nuestra carne era la misma, y el *feijão* también.

Los recién bautizados trepaban con la ropa nueva a las *jaqueiras*, y las *jacas* maduras caían. Después apostaban en peleas. No jugaban al fútbol ni corrían con triciclos. Mataban pájaros con hondas y bolas de barro y se los comían, a escondidas de las madres, barro de la orilla del riachuelo.

Ni siquiera los niños tocaban los frutos del cacao. Temían a ese coco amarillo, de semillas dulces, que los mantenía prisioneros de aquella vida de carne seca y *jaca*. El cacao era el gran señor, al que hasta el coronel temía.

* * *

Raimunda había muerto un día claro de sol, en la hacienda del coronel Aurélio. Amelia parecía una muchacha mayor que cuidaba de la enferma. Catorce años raquíticos. Raimunda, antes de expirar, pidió al coronel que se ocupara del futuro de su hija. Así pasó a ser criada del coronel en Ilhéus. Servía de caballo para los hijos del patrón, barría la casa e iba a buscar agua a la fuente. Comía las sobras y le pegaban a cada momento. Un día se rebeló. Les pegó a los que la montaban. Los mordió. Insultó. Lloró mucho. Ese día le pegaron tanto que desde la calle se oían sus gritos.

A la vecina que acudió, doña Clara, le explicó:

–Uno hace la caridad de amparar a esas desgraciadas, y son brutas, no hacen nada bien. Fíjese que esta muerta de hambre mordió a Jaime y le pegó a Joãozinho. Después soltó un montón de palabrotas.

–Sólo una buena paliza. Si no, no se endereza…
Ellas no sabían cuánto odiábamos esa caridad.

* * *

¡La escuela! Amelia fue a la escuela. Un día, un sujeto, un poeta o algo así, la raptó. Entonces fue a la escuela. Hoy nos escribe, nos cuenta cosas. Dice que cuando crezca vendrá a enseñarnos. Ese día, cuando aprendan esas cosas, los chicos no comerán más *jaca*. Se levantarán con el mango del machete en la mano… No entendíamos bien a Amelia. Pero la creíamos. Algún día…

Los muchachos no pensaban. Trabajaban, comían y dormían. Un literato dijo cierta vez:

–¡Ellos sí que son felices! No piensan…

Así le parecía a él.

El rey del cacao y la familia

Vinieron a pasar las fiestas de San Juan. Colodino arregló la galería, cambió las tablas viejas roídas por las termitas, encaló el frente y pintó las puertas. En el fondo, el maizal crecía, esperando los festejos, la *canjica*, el *munguzá*, la *pamonha*. Algemiro y João Vermelho se atareaban en preparar las cosas para la llegada del coronel y la familia.

Manoel Misael de Souza Telles, el rey del cacao, señor feudal de aquella interminable hacienda Fraternidad, llegó con toda la familia una clara mañana de junio. Cinco burros cargaban el equipaje. Doña Arlinda, embutida en una increíble falda de montar, extenuaba al pobre burro con sus casi cien kilos. Mária montaba como hombre, los ojos claros y el pelo muy rubio y ensortijado, agitado por el viento suave que curvaba el maizal y desprendía las hojas de los cacaos. El coronel interrogaba a Algemiro sobre la zafra y a João Vermelho sobre los trabajadores.

—El año pasado, la plantación de detrás del pastizal rindió más.

—No la podaron… Pero la de João Evangelista está dando más este año.

—¿Llegará a ochenta mil la cosecha?

—Sí, llegará, coronel.

—Es necesario. El cacao está bajando. –Señalaba hacia nosotros–. Esos miserables sólo saben comer. Casi no trabajan.

—Hay que estarles encima.

El coronel tenía una voz arrastrada, demorada, cansina, de animal astuto, y unos ojos malos, metidos en el fondo de la cara arrugada por la edad. Cultivaba, como mi tío, una barriga redonda, símbolo de su abundancia y su riqueza. Se sabía que comía mucho, a lo bruto, y que hacía cincuenta años había sido arriero y, después, dueño de un pequeño comercio. Tal vez porque había sido «alquilado», nos odiaba y desconfiaba de nosotros. Doña Arlinda, orgullosa de la riqueza del marido, usaba joyas caras y vestidos de seda hasta para caminar por las plantaciones.

Estábamos varios de nosotros sentados frente al economato, cuando pasaron los jinetes.

—Buen día.

—Buen día.

Valentim respondía lentamente:

—Nuestro Señor Jesucristo le dé un buen día, patrón.

Y en voz baja, para nosotros:
—Que el diablo te lleve, peste.

* * *

Desde los confines de la hacienda, desde las plantaciones más distantes, salían familias enteras de trabajadores para venir a saludar a doña Arlinda. Traían cestas. *Quiabos, jilós*, tomates y *feijão* verde colmaban las cestas cubiertas con el mejor mantel de la casa. Algunas transportaban calabazas gigantes, *jacas* escogidas, racimos de bananas. Detrás, los niños barrigones patinaban en los charcos de barro y corrían por el camino.

—¡Quédate quieto, guarro! Dentro de poco tendrás la ropa mugrienta. ¿Así vas a recibir la bendición de tu padrino?

Entraban y apretaban los dos dedos llenos de anillos que doña Arlinda les presentaba. Los niños besaban la mano de la madrina, los labios sucios de jugo viscoso de *jaca*. Hacendados vecinos conversaban con el coronel sobre negocios. Mária, desde la galería, contemplaba el paisaje de oro de la plantación de cacao, en la cual nosotros, hombres desnudos de la cintura para arriba, éramos un simple complemento.

Doña Arlinda interrogaba a las mujeres.

—¿Cómo anda su marido?

—Enfermo, patrona. Después de que lo mordió una víbora, nunca más tuvo buena salud. Y hasta sospecho que fue una brujería. Pero no tiene dinero para ir a Bahía a ver al Santo Jubiabá…

—¡Qué brujería ni brujería!… Eso es haraganería… Si ustedes trabajaran, al final se harían ricos.

—A nosotros no nos importa ser ricos, señora. Solamente queremos salud y *feijão* para comer. Y trabajamos mucho, créame.

Doña Arlinda se miraba las manos pequeñas, de uñas rojas, muy elegantes.

—El trabajo no es tan pesado…

La mujer se miraba las manos grandes y callosas, de uñas negras y muy sucias, y sonreía con la sonrisa más triste de este mundo. No lloraba, porque ella, como nosotros, no sabía llorar. Estaba aprendiendo a odiar.

Bebían su trago de caña y regresaban. Los niños, que con mucho esfuerzo se habían mantenido quietos, salían a todo correr.

* * *

En una de esas carreras, un niño se golpeó contra un árbol de cacao e hizo caer un fruto verde. El coronel, que miraba desde la galería, se abalanzó sobre el niño, que ante tamaño crimen se había quedado inmóvil, boquiabierto. Mané Frajelo levantó al criminal de las orejas:

—¿Crees que todo esto es de tu padre, desgraciado? Comen, y lo único que hacen es destruir las plantaciones, gente de mierda.

Una tabla de cajón, abandonada allí cerca, sirvió de látigo. El niño gritaba. Después, dos puntapiés.

Colodino cerraba los ojos y apretaba los puños. Pero nos quedábamos todos quietos, sin un gesto. Era el coronel el que golpeaba. El castigado había tirado abajo un fruto de cacao. De cacao… Maldito cacao…

* * *

Por la tarde, de vuelta del trabajo, nos reuníamos para la charla diaria, frente al depósito. Comentábamos la llegada del coronel, cuando éste apareció, acompañado por Algemiro y Mária, que vestía una ropa ostentosa, de seda.

–Buenas tardes.
–Buenas tardes.
–¿Cómo andan los secaderos, Colodino?
–Acabo de empezar con los últimos.
Honório afilaba el machete.
–¿Y tú, negro, sigues tan haragán?
Honório espiaba con los ojos mansos y sonreía.
–Haragán no fui nunca…
–¿Has robado mucho, João Grilo?
–No sé hacer cuentas…
Mané Frajelo se volvía hacia mí:
–¿Y ése quién es?
–Un *sergipano* –explicaba Algemiro–, nuevo por aquí. Todavía no hace ni un año que está.
–¿Qué tal trabaja?

—No es malo…

Llegaba el turno de Valentim:

—¿Todavía no te moriste, desgraciado? Ya no sirves para trabajar, vives comiendo gratis.

—De aquí solamente voy a salir con los pies por delante.

Sin duda el coronel estaba de buen humor. Hizo bromas con todos. Nosotros escuchábamos en silencio, la cabeza baja, mirando hacia los cacaos. Nunca odié a nadie como odié aquel día al coronel. Por último se dirigió a Mária:

—¿Y? ¿Todavía no elegiste?

Había llegado el momento temido de la elección. Mária debía elegir a un trabajador para que quedara a disposición de la familia. Nosotros parecíamos una camada de pollitos, de los cuales uno, el más pintoresco, sería separado de los demás para ir a la casa del patrón. Temíamos la elección porque, si bien el trabajo era más llevadero, la humillación era mucho mayor.

Los ojos de Mária se detuvieron en mí. Bajé la cabeza, sombrío.

—Aquel *sergipano,* papá.

Algemiro me tocó el hombro.

—Quedas a disposición del coronel.

Me felicitaba:

—Qué suerte, ¿eh? Ganar casi sin trabajar.

Respondí con la voz arrastrada, como la de Mané Frajelo:

—Sí…

El coronel y la hija se alejaban. Algemiro los acompañó. Miré a los camaradas. Honório se sentó junto a mí.

–Vas a sufrir bastante, *sergipano*. Esa muchacha es el colmo de orgullosa. Yo sufrí el año pasado. Pero qué se la va a hacer. Son todos una peste…

Me volví hacia Colodino.

–¿Esto va a seguir siempre así, Colodino?

Él, de todos nosotros, parecía el único que tenía cierta intuición de que algo, algún día…

–Es imposible. Tiene que cambiar.

–¿Cómo?

–Eso es lo que no sé…

Algemiro opinaba:

–Hay que trabajar para hacerse rico.

–No –disentía–. Así siempre habrá patrones y «alquilados».

–Siempre los habrá, sea como sea.

Mirábamos los árboles de cacao y no encontrábamos la solución. De no haber estado tan acostumbrados a la miseria, los suicidios habrían sido diarios. ¿No existiría un medio para salir de aquella situación?

Las primeras estrellas que aparecían en el cielo no respondían. Ni las culebras que silbaban en los campos.

* * *

Acarreé agua y corté leña. Ayudé a matar gallinas y llevé cestos de naranjas y racimos de bananas. El desayuno del patrón valía mucho más que nuestro almuerzo, café con mucha leche, pan, queso, arroz con leche, *aipim* y muchas cosas más… El pijama de Mária tenía dibujos complicadísimos. Me senté en la puerta de la cocina. La cocinera me ofreció una taza de café.

—Muchas gracias, ya comí.

Le sorprendió la negativa.

—Tiene leche. Es del bueno, tonto.

—Gracias.

—Por lo menos un poco de arroz con leche.

—No tengo hambre.

—Aunque sea para no desairarme…

Acepté. Comía despacio aquel dulce delicioso, cuando llegó Mária y bromeó:

—Nunca había comido eso, ¿no?

—En mi tierra abunda, señorita.

Me miró asombrada.

—¡Ah! Es de Sergipe, ¿no? Allí hacen mucho arroz con leche. Estuve en Aracaju. Bailamos mucho… ¿Sabes leer?

—Sé.

—¿Y escribir?

—También.

—Qué raro… En general ustedes son unos ignorantes.

—Estamos olvidados del mundo.

—No te pedí opinión. Ven a recoger la ropa sucia.

Entré, los pantalones de mezcla azul manchados de barro, la camisa de algodón rústico fuera de los pantalones, el machete golpeándome las piernas. Mária dictaba:

—Seis calzoncillos, doce pañuelos, cuatro pijamas...

Examinó mi letra. Después miró mi pelo rubio y sonrió con sarcasmo de mi vestimenta. Yo no me sentía confundido. Sentía, sí, odio.

—Ve a llevar esto a Margarida. Dile que es para el sábado.

—Sí, señorita.

—¡Otra cosa! Por la tarde prepárame un burro bueno para salir de paseo...

Salí con el atado de ropa. Cuando pasé por la plantación que había sido de João Evangelista, me gritaron:

—¡Eh, criadita! ¿Vas a lavar la ropa en el río?

Les contesté con un gesto grosero, sonriendo. Y allá fui con mi odio inútil por la hija del patrón.

* * *

—¿Están listos los burros?

—Está el que pidió la señorita.

—¿Y el tuyo?

—¿Yo también voy?

—¿Pretendías que fuera sola? Y hazme el favor de lavarte la cara...

—Usa los arreos viejos de Algemiro —avisaba el coronel—, y no me maltrates el burro.

Salimos silenciosos por el camino. Un sol tibio de invierno iluminaba los campos.

—Qué bonito…

Ante mi silencio, ella preguntó:

—Es bonito, ¿no te parece?

—Es triste. Los que viven aquí sufren.

—¿Decidiste darme una lección sobre la vida de ustedes?

—No. La señorita es patrona; tiene la obligación de saber.

—La vida de ustedes no me interesa. Nunca tuve vocación de monja…

—Ni ninguno de nosotros de esclavo.

—Me obligas a hacerte volver mañana al trabajo en la plantación. Prefiero a Honório, que nos mira con esa cara de asesino, pero no habla. Te elegí a ti porque sentí pena. Eres blanco y joven.

—Gracias.

—¿Por qué nos odian tanto? ¿Nosotros tenemos la culpa de que ustedes no sean ricos?

—Nosotros no queremos ser ricos.

—¿Qué quieren, entonces?

—Qué sé yo…

Hicimos un alto. Ella se sentó debajo de una *jaqueira*. Até los burros y esperé. Ella abría el libro que había llevado.

—¿Sabes leer?

—Sí.

—Lee en voz alta, para que te oiga.

Me dio el libro, una novela de amor, abierto en la descripción de una fiesta. Empecé a leer maquinalmente. Copas de champán, vasos de vino, bailes, fox-trots y valses, paradojas y delicadezas. Cuando di vuelta a la página me di cuenta de que había ensuciado la otra con mis dedos.

—Le ensucié el libro, señorita.

—¿Es que la descripción de la fiesta te afectó? Te dieron ganas de tomar champán…

—No me gusta beber. Tomo cachaza porque aquí es necesario.

—Eres bastante maleducado.

—Soy un trabajador, no tengo instrucción.

Cogió el libro y se recostó a leer. Yo cortaba margaritas silvestres. Ella sonrió.

—No tienes tan poca educación.

—Unas flores para Magnólia, la novia de Colodino.

—¡Ah!

Y siguió leyendo las escenas de amor de duques y condesas europeos. Me quedé mirando el horizonte, a lo lejos, contento de saberme libre, al día siguiente, de la hija del patrón. Cuando volvíamos, alguien gritó desde una plantación:

—¿Estás haciendo de niñera, *sergipano*?

Mária se enojó. No admitía bromas de los trabajadores, unos brutos.

—Averigua quién fue, para que papá lo despida.

Le eché una mirada tal que se amedrentó un instante. Pero reaccionó enseguida.

—No traicionas a los demás, ¿eh? Ninguno de ustedes vale lo que come.

* * *

No me mandó de vuelta a la plantación como había prometido. Pero al día siguiente me trató con aspereza, con orgullo, digna hija de Mané Frajelo.

–Haz esto. Haz aquello.

Su pelo rubio y su piel blanca se realzaban con el pijama rosa.

–Ve a buscar flores para adornar la casa. Y no lleves las mejores a esas campesinas. Hasta las flores sufren la incompetencia de ustedes…

La cocinera me previno:

–Es gente grosera. La madre es todavía peor. Y el hijo…

El hijo llegaría a la semana siguiente. Estaba en Bahía, en la Facultad.

* * *

–¿Así que ahora estás de niñera de la coronelita?

–Qué lugar de mierda…

–Te humilla todo el tiempo, ¿no?

–Pero yo le contesto, Colodino.

Honório aconsejaba:

–Es mejor quedarse callado. El trabajo está difícil. Si ella te despide…

–¿Qué me importa?

Colodino tomaba la guitarra y se dirigía a la casa de Magnólia. João Grilo cantaba en la noche oscura, llena de fantasmas. Mis sueños empezaron a perturbarse. Soñaba con cacao, y de repente ya no era cacao, sino el pelo rubio de Mária.

La poetisa

En la intimidad de la cocina, la cocinera me contó que Mária escribía versos. Y me mostraba un periódico de Ilhéus que en dos columnas de la primera página publicaba un retrato de la poetisa, acompañado de elogios:

… la elegantísima y hermosa Mária Telles, hija del progresista y generoso coronel Manoel Misael de Souza Telles, es una de las más radiantes esperanzas de las letras patrias. Talento de gran categoría, inteligencia acariciada por un soplo divino, escribe versos admirables con sus manos de artista, como los que aquí transcribimos. Se trata de un inspiradísimo soneto dedicado a sus compañeras de promoción. El *Jornal de Ilhéus* se honra sobremanera con la colaboración de la joven y talentosa poetisa nacional.

La poetisa

A continuación, el soneto:

Al recordado cuarto año

¡Me despido de ti, recordado cuarto año!
¡Donde pasé días tan llenos de luz,
rogando por tus integrantes,
a los pies del buen y tierno Jesús!

¡Adiós, oh curso tan célebre
y por lenguas malas tan comentado!
¡Adiós, queridas compañeras!
¡Adiós, cuarto año tan celebrado!

Adiós, gentiles compañeritas en Jesús.
Late mi corazón por ustedes todas,
¡como un horizonte lleno de luz!

¡Adiós, adiós una vez más!
Jamás las olvidaré, y por ustedes
¡todos los días una oración a la Virgen Pía de mis labios saldrá!

Yo nunca entendí de poesía, pero ese soneto me pareció detestable. No lo juzgó así un literato de Pirangi, que envió a Mária la siguiente carta (ella la dejó caer de un libro, y yo la leí por la noche):

Pirangi, Ilhéus (Bahía), 28 de noviembre de 193…
Preciadísimo cofrade. Saludos cordiales.

Dedicado a la preparación del Anuario Literario-Comercial de Pirangi *para 193…, del cual soy director, me tomé la libertad de solicitar la valiosa colaboración de Vd., en la certeza de que me enviará con la necesaria urgencia uno de los primorosos productos de su envidiable talento.*

El Anuario Literario-Comercial *deberá salir a la luz pública en enero próximo, y contendrá abundante material literario, charadas y colaboraciones científicas, y amplios servicios de informaciones relativos a Pirangi, con índice general y catálogo de todos los comerciantes, industriales y hacendados del distrito, biografía de brasileños ilustres, notas de personajes notables e influencias políticas residentes en Ilhéus y también de los mejores edificios de la localidad y de importantes propiedades agrícolas.*

En suma: será una obra de real valor y hecha a semejanza de los mejores anuarios existentes en el país.

Por lo tanto, su colaboración es, en su valor significativo, un servicio prestado a las letras patrias y, al mismo tiempo, uno de los mayores favores en pro del progreso, del buen nombre y de las posibilidades asombrosas de esta tierra, parte humildísima, pero fecunda, de nuestro idolatrado Brasil.

Ofreciéndole la insignificancia de mis limitados servicios, quedo

de Va. Merced:
Cofrade y admirador

Al otro día entregué la carta a Mária.
—Ayer se le cayó esto a la señorita.
—¿Y me lo entrega hoy?
—Me lo olvidé en el bolsillo.
Tomó la carta y la leyó. Reconoció:
—Una petición para colaborar en un anuario de aquí. Tengo ganas de hacer una descripción de la hacienda...
—Buena idea...
—... de las fiestas, de la belleza de las plantaciones, de la buena vida de ustedes...
—¿Buena?
—¿Qué? ¿Es mala?
—Es pésima.
—Ustedes tienen casa, comida, ropa y saldo a favor...
—Raras veces.
—¿Les parece poco?
—¿A usted le bastaría?
—Eres un atrevido. ¿Con qué derecho me interrogas?
—Usted va a escribir sobre nuestra vida, y no quiero que sea deshonesta.
—Permanece en tu lugar...
—Si yo publicara ese anuario, también escribiría algo sobre nuestra vida.
—¿Tú? ¡Ja, ja, ja!
Se rió mucho, pero calló de repente y me dirigió una mirada larga.
—Tú no eres como ellos... ¿Cómo viniste a parar aquí?

—Somos todos iguales. Somos todos explotados...

—No seas necio —se enfurecía—. Ustedes también nos odian, sin distinguir entre buenos y malos.

Le conté mi historia, que escuchó en silencio. Concluí:

—Como ve, señorita, soy igual a todos. Somos de una raza aparte. Yo provengo de gente buena. Hoy, sin embargo, soy por completo uno de ellos, y me alegro.

—¿De vivir mal?

—No vale la pena ser rico. Y quién sabe si algún día eso va a cambiar...

—¿Eres socialista?

—No conozco esa palabra.

No la conocía, en efecto. Mária no me la explicó. Tal vez ni ella misma sabía bien lo que significaba.

—¿No piensas, como Algemiro, en hacerte rico?

—No.

—¿Por qué?

—Porque no sé explotar a los trabajadores.

Íbamos por las tardes a Pirangi. Los muchachos del lugar miraban a Mária con los ojos llenos de deseos. Hermosa y heredera de una gran fortuna. Era como una princesa encantada para aquellos empleaditos de comercio. Idealizaban:

—Si se enamorara de mí...

—Yo me daría la gran vida, sin hacer nada.

Mária pasaba, orgullosa como una diosa, sin verlos. En medio de la calle, un ciego pedía limosna, el pelo blanco; Mária le arrojaba una moneda. Un día le recordé:

—Fue trabajador del coronel. Quedó ciego...

—No me interesa. Cállate.

—Tal vez, si supiera que la limosna es de la señorita, no la aceptaría...

Mária se reía como loca, el cabello revuelto por el viento.

—Eres el tipo del idealista romántico.

—No entiendo ese lenguaje refinado...

* * *

Cuando Colodino volvía de la casa de Magnólia, la conversación se animaba. João Grilo dejaba de contar las manoseadas anécdotas, el viejo Valentim interrumpía sus recuerdos de la guerra de Canudos, de la que él, todavía un niño, había formado parte, junto a Antônio Conselheiro, Honório decía algo gracioso y pasábamos a charlar con el carpintero. A pesar de sus veintisiete años, Colodino, que sabía leer y escribir, tocaba la guitarra y hablaba bien, nos parecía un maestro. La verdad es que podía intuir muchas cosas. Planeaba, para después de casarse, salir de la plantación y viajar a Río de Janeiro. No creía en Dios ni en supersticiones. Incapaz de una estupidez, reservaba para los camaradas un afecto de hermano. Sentíamos que él nos quería a todos nosotros, los trabajadores. Yo pensaba de forma muy parecida a Colodino. Algunos, como Honório, no lo entendían bien. Era poco lo que Colodino sabía y le costaba expresar con claridad sus ideas. Yo lo ayudaba a veces, y él asentía:

—Es justo eso… eso mismo… Nada de querer ser patrón, como Algemiro…

Sabíamos poco, pero adivinábamos algo. La miseria enseña. Aquella noche Colodino me preguntó:

—¿Cómo te va con la hija de Mané Frajelo?

—Creo que anda un poco enojada conmigo. Le he dado cada respuesta…

—No te irás a enamorar…

—¿Yo?

João Grilo bromeó:

—O ella de ti.

—Ella no dormiría aquí… —Señalé los tablones duros del catre.

—Podrías dormir tú en la cama de ella.

—No quiero ser patrón.

Colodino apoyaba:

—No le tengas compasión a esa desgraciada.

* * *

Al otro día, Mária me ordenó ir a buscar mandarinas. Y cuando volví ordenó que las llevara a la sombra de la *jaqueira*. Se encaminó hacia allá, con un libro bajo el brazo.

—Ven conmigo.

—Tengo que cortar leña.

La poetisa

—¿Y voy a quedarme sola debajo del árbol? ¿Y las culebras? Cortarás la leña después; hay tiempo.

Cuando dio vuelta a las últimas páginas del libro me contó:

—Es una hermosa historia. Una condesa que va a su castillo en el campo y se enamora de un campesino. La familia se opone, pero ella se casa y el campesino llega a ser conde. Y viven felices…

—Cuentos de hadas…

—No. Es es una novela —se rió— de una escritora francesa. Es linda, ¿no crees?

—Pero el campesino es un traidor.

—¿A quién traicionó?

Me confundió la pregunta. Mária sonreía victoriosa.

—Traicionó a los otros trabajadores.

—¿Cómo? ¿Por mejorar su vida?

Guardé silencio.

—¿Tú no te habrías casado con la condesa?

—Para empezar, la condesa no me hubiera querido…

—Rehúyes la pregunta. ¿Y si ella te amara y tú la amaras?

—Si ella me amara podría ser mujer de un trabajador.

Ahora fue ella la que quedó confundida. Pero unos minutos después respondió:

—¿Ella se acostumbraría a esa vida?

—¿Y él se acostumbraría a una vida de lujo?

—Bueno, si…

—Puede ser… Pero él sería un traidor.

Mária se limitó a responder:

—Sí. Pero a veces estas historias suceden en la vida real.

Le conté esta conversación a Colodino, que aseguró:

—Es como todas las muchachas de colegio de monjas. Se deja impresionar por las novelas. Cualquier día de éstos va a querer casarse contigo.

—¿Estás loco, Colodino?…

* * *

Mária me leyó el artículo para el *Anuario*. Describía, muy mal, dicho sea de paso, la hacienda, las fiestas y la vida de los trabajadores. Terminaba más o menos así:

«… Y son felices con su trabajo honesto. Se divierten, tocan la guitarra, aman, estiman a los patrones, que son sus padres y maestros. Adoran a los patrones, que a cambio tratan bien a sus trabajadores, como de padre a hijo. Tal vez por eso de nada sirven los sermones de los adoctrinadores de ideas exóticas, que aparecen por las haciendas…»

Me avisó:
—Este último párrafo está dedicado a ti.
Abrí la boca con enorme espanto.

Acarajé

Nosotros también decidimos festejar el día de San Juan. El baile sería en casa de doña Júlia. Ofrecimos cachaza, botellas y más botellas, y se cortó el maizal que Magnólia había plantado en el fondo de la casa. Una fiesta, sí. Con *canjica, pamonha, munguzá, acaçá, acarajé* de *feijão* blanco, maíz cocido y cachaza. Encenderíamos una fogata, una fogata grande, mucho más que la de la casa del coronel.

Había un trabajo espantoso. Pilas de mazorcas de maíz, rubias como el pelo de Mária, se levantaban en la cocina. Yo había cortado leña para la hoguera, y doña Arlinda se había sacado los anillos para ayudar a la cocinera a preparar la *canjica*.

Estaban las ollas y las cucharas de madera enormes. Y las hojas de las vainas del maíz, cortadas para enrollar las *pamonhas*. Cuando tenía un rato libre, yo corría hasta la casa de doña Júlia. El trabajo era menor, pues mucho menor era la pila de maíz. Una vieja palangana, de agujeros taponados con lienzo, reemplazaba las ollas, y Magnólia revolvía todo con una cuchara de madera de mango estropeado.

Honório y João Grilo, encerrados en casa, maquinaban algo misterioso para nuestros ojos indiscretos.

El hijo del coronel había venido de la capital con dos amigos. El día en que llegaron, uno de ellos tuvo la idea de hacer globos de papel, decenas de globos, como en Bahía. Pero el coronel protestó y les recordó que la estopa encendida podía caer sobre las plantaciones e incendiar los árboles de cacao. Y jugar con el cacao era algo que él no admitía...

La cocina parecía un infierno. Del fuego salía un calor tremendo. Las manos negras de la cocinera se habían puesto amarillas, por el jugo del maíz. Doña Arlinda me gritó:

—Ralla este coco, *sergipano*.

Yo agujereaba los cocos, volcaba el agua en un vaso para que la bebiera Osório. Después los rallaba, y junto con ellos los dedos desacostumbrados a esa tarea.

—Mária, trae el azúcar.

Cuando ella entró, yo me chupaba un dedo que chorreaba sangre.

—Así que te las das de cocinero, ¿eh?

Doña Arlinda reparó en mi dedo lastimado.

—No dejes caer sangre en la leche de coco, asqueroso.

Algemiro desangraba un cerdo cerca de los secaderos, y João Vermelho atrapaba gallinas en el fondo –¡pi!, ¡pi!, ¡pi!–, a las que arrojaba maíz.

Doña Arlinda ordenaba:

—Aquella blanca y negra y el pollo amarillo. La rabona también…

* * *

Miraban dentro del cuenco de agua quieta para ver la fisonomía del futuro novio. Observaban atentas el agua inmóvil.

—¡Qué muchacho lindo, mi San Juan querido! Hasta parece un estudiante de la ciudad.

—¡Puaf! El mío es un viejo sin pelo. No me gusta…

Novios… Raras eran las que tendrían novio. Amantes, sí, y cuántos… Ellas lo sabían. Pero aun así miraban fijamente el agua quieta, en un último resto de ilusión.

También en la casa grande miraban el cuenco de agua. Y qué recipiente lindo, de una loza de nombre complicado, con cosas pintadas. Uno de los muchachos que acompañaba a Osório escribía versos que publicaba en periódicos de Bahía. Galanteó a Mária, que acababa de interrogar al agua:

—¿Fue mi feo rostro el que tus lindos ojos percibieron?

Mária señaló hacia mí, que esperaba en la galería la orden para retirarme.

–Fue la cara del *sergipano*…

Las carcajadas me dolieron como latigazos. Podría decir que me fui con el corazón lastimado. Sin embargo, si lo dijera mentiría. Salí con odio por todos y por todo. Y en la oscuridad, camino a casa de doña Júlia, arranqué un fruto de cacao y con una piedra lo aplasté.

* * *

Nuestra fogata, un palmo más alta que la del coronel, lanzaba llamaradas muy altas hacia el cielo lleno de estrellas. Se asaban cañas y batatas. Honório bailaba danzas de *macumba*, a la vez que comía maíz hervido. La gente de la hacienda vino en masa, y hasta trabajadores de las plantaciones vecinas. Bailaban en el terreno, al son de los acordeones, viejos valses y viejas sambas. Se vaciaban las botellas de cachaza.

–¡Viva San Juan!

–¿Me das un *acarajé?*

–¿Con poca o mucha pimienta?

–Una cucharada sopera. –Y lo engullía de una vez.

–¿Está bueno?

–Sí… Ahora un poco de cachaza…

–¿Vamos a bailar, doña?

–Estoy cansada, disculpe.

—Discúlpeme usted, excelentísima. Si hubiera sabido que estaba cansada, no la habría molestado —explicaba João Grilo.

Discutían sobre cachaza:

—Esa caña de la casa del viejo Antelo, qué caña de primera…

—Cierto… Eso sí que es cachaza… Cachaza para machos.

—Yo no tomo la cachaza de él, y soy tan macho como cualquiera.

—No te hagas el valiente, que no me vas a asustar.

—¿Qué pasa? ¿Quieren pelear? ¿No respetan mi casa? —intervino doña Júlia.

Un poco más de cachaza y se pusieron de acuerdo.

—Buen trago.

Se abrazaron. Esperaban que pasara un par de mujeres.

—¿Vamos a conseguir alguna?

—Vamos…

El acordeón, en el fondo, se abría y se cerraba, produciendo sonidos. Un olor a sudor llenaba la sala. Los hombres sudaban. Las mujeres sudaban.

—Qué aroma…

—¿Te pusiste brillantina, Nilo?

—Eso es olor de sobaco de mujer joven… que todavía no conoce hombre…

Salían mujeres por la puerta del patio.

—¿Adónde vas, Rita?

—A mear, que ya no me aguanto.

—Cuidado, que hay mirones.
—Verán algo lindo, te lo aseguro.

João Grilo, vestido de casimir, daba vueltas por la sala. Honório lo felicitó:

—Estás vestido de empleado de comercio.
—Gracias, Honório.
—¿Me das un vaso de agua, negro mío?
—Un vaso de agua para la señorita Fulô…
—Gracias.
—¿Vamos a bailar esta samba?
—No sé bailar muy bien…
—Yo tampoco…
—Entonces está bien.
—No me pellizques, Honório.
—Fue sin querer; disculpa.

La imagen de San Juan presidía la sala entre dos velas.

* * *

Saltábamos por encima de la hoguera. Yo salté con Magnólia, saltamos casi todos y empezamos a tratarnos de compadre y comadre. Doña Isabel saltó también, a pesar de la barriga enorme.

—¿Para cuándo espera las buenas nuevas?
—Para este mes, m'hija.
—Que Nuestra Señora del Buen Parto la acompañe…
—Amén. Pero ya estoy acostumbrada. Con éste serán once.
—Saca una papa asada para mí, compadre…

—Me quemé el dedo.
—Pobrecito…

Soplaba un viento fuerte. Comenzaron a aparecer nubes oscuras. A los árboles de cacao se les desprendían las hojas con un chasquido seco.

—Antes de que empiece a llover vamos a soltar el globo –recordó Honório.

¡El globo! Era la sorpresa que habían preparado él y João Grilo, un globo gigante, con papel de todos los colores y una mecha majestuosa. Aplaudimos. João Grilo trepó a una escalera para sujetar la parte de arriba del globo, mientras nosotros, abajo, abanicábamos para llenarlo de aire.

Estábamos tan ocupados con la tarea que no vimos que llegaba la familia del coronel. Osório, los dos muchachos y Mária, acompañados por Algemiro y João Vermelho.

El poeta gritó:

—Un globo, muy bien. Llevará nuestros saludos a la madrina luna y a las hermanas estrellas.

Todos nos dimos la vuelta. El globo se vació. El poeta ordenó:

—Llénenlo. Llénenlo. No pierdan tiempo, que va a llover.

Se olvidaron de decirnos que el coronel había prohibido los globos.

* * *

Lleno, repleto de aire, el globo intentaba soltarse de nuestras manos. Vi que Colodino se ponía serio. Miré y comprendí. En un rincón, lejos del mundo, Magnólia escuchaba las gracias de Osório y sonreía. Observé a Colodino. No se le movía ningún músculo. Seguía sujetando el globo, callado. Alguien trajo un tizón. El poeta murmuró lánguido:

–Mária es la que debe encender la mecha.

Mária tomó el tizón y se acercó.

El globo se ensanchó, hermoso, con su mezcla de colores, y empezó a subir, volando hacia los costados de la plantación de detrás del riachuelo. Nos quedamos con los ojos clavados en el cielo. Enseguida llegó el coronel, corriendo.

–¿Quién soltó ese globo de mierda? ¿Acaso no lo prohibí? ¿Y si incendia las plantaciones? Miserables…

Su voz arrastrada temblaba. Casi lloraba. Maldecía:

–Miserables…

Profería insultos sin respetar siquiera la presencia de su hija.

El globo ascendía lentamente. De pronto lo alcanzó el viento. Perdió el equilibrio y se dio la vuelta. El fuego de la mecha pasó al papel y el globo comenzó a caer con rapidez. El coronel se arrancaba los pelos.

–Corran, corran, desgraciados. No dejen que queme los sembrados.

Corrimos todos. El fuego prendía las hojas secas. Amenazaba las plantaciones. Arrojamos latas de agua. Pero la lluvia que caía apagó todo. Un solo árbol de cacao quedó pelado de hojas y con los frutos calcinados.

El coronel rugió entre dientes:

–Hijos de puta.

Después preguntó:

–¿Quién hizo ese globo?

Se adelantó Honório.

–Fui yo.

–Debería despedirte, canalla.

Pero Honório sabía muchas cosas de la vida del coronel…

Volvimos a nuestras casas bajo una lluvia copiosa. Osório aprovechaba la confusión para toquetear a Magnólia.

Derecho penal

Resultó que Colodino no era ningún ingenuo, y empezó a darse cuenta de que el hijo del patrón le tiraba los tejos a Magnólia. Y lo peor de todo era que Magnólia era complaciente. Quizá se sentía muy honrada por la preferencia del futuro doctor.

A fines de ese año Osório se graduaría de abogado, y ya se hablaba de la fiesta en su honor. Flaco, con gafas de carey y dedos de muchacha, usaba tanta brillantina en el cabello negro que cuando le daba el sol parecía un espejo. Se comentaba que era uno de los mejores alumnos de Derecho de Bahía, «orgullo de los profesores y los condiscípulos» (como anunciaba el *Jornal de Ilhéus* a su llegada); había debutado, apenas en el tercer año de la carrera, en los tribunales, defendiendo a un ladrón que los jueces absolvieron en señal de respeto por la cultura de Osório y por los dineros de Mané Frajelo. Asistía a misa todos los domingos, en Pirangi, con una cinta azul al cuello, símbolo no sé de qué congregación, y tenía en su habitación una serie de libros inmorales con grabados. Siempre que visitaba la hacienda llevaba a dos o más amigos, para, como decía, «poder gozar mejor de la paz bucólica».

Los amigos comían como animales, bebían y se iban de juerga a Pirangi, donde seducían a las hijas de los árabes comerciantes y engañaban a las infelices de la calle del Barro.

Esos jóvenes, prometedoras esperanzas del Derecho, dejaban siempre, tras su paso por las haciendas, un rastro de sangre de vírgenes desfloradas. De este modo nunca faltaban mujeres en la calle del Barro. A veces alguno se llevaba un balazo. Pero era raro. Los hijos de los coroneles son semidioses despóticos a los que les encanta desvirgar por diversión a tontas campesinas de pies grandes y manos callosas. Pedantes, de hablar difícil, conocedores de la gramática, brutos y maleducados, esos muchachos me causaban un asco tremendo. Colodino tampoco los toleraba, y no recuerdo haber oído al carpintero responder a ninguna pregunta de esos académicos.

Conversaban con nosotros desde lejos, con miedo a ensuciarse. Y miraban enternecidos los árboles de cacao que les proporcionaban dinero para las juergas en las pensiones elegantes de Bahía…

* * *

Las lluvias de junio lo embarraban todo y hacían los caminos casi intransitables. Patinábamos sobre el barro, donde hasta los burros se resbalaban, lo que exigía a Antônio Barriguinha una atención fuera de lo común. Con la lluvia las culebras andaban alborotadas, buscando dónde meterse. Nosotros, con las casas encharcadas y mucho trabajo, nos poníamos de mal humor y sentíamos la proximidad de una tragedia. El sol luchaba inútilmente por romper las nubes. Las guitarras callaban y comprábamos, a precios exorbitantes, unas mantas ordinarias. Los cacaos sí se ponían maravillosos, con los frutos de oro por los que las gotas de agua corrían como brillantes raros. Pero nosotros ni mirábamos la belleza del paisaje. Los pantalones se pegaban al cuerpo, mojados y pesados de barro. Las mujeres de pelo largo tomaban cachaza para matar el frío.

—Dame un trago de cachaza, así no me resfrío...

El trabajo de los secaderos estaba parado, y Colodino aserraba madera en el campo que el coronel le había comprado a doña Doninha, cerca de la casa de Magnólia. Ésta le enviaba el almuerzo y el aguardiente. Colodino andaba serio. Pero no preguntaba ni discutía. Una noche, Osório pasó por la vivienda de doña Júlia. Se apeó, muy educado.

—Buenas noches.

Colodino hizo callar la guitarra.

—Doña Júlia, yo quería preguntarle algo. ¿Quién hizo ese *manuê* de maíz de la noche de San Juan?

—Magnólia…
—Porque me gustó mucho, y allí en casa la cocinera no lo hace bien. Si fuera posible…
—Si usted consigue el maíz, Magnólia lo hace, doctor Osório.
—Pero es mucho trabajo…
—No es nada…
Colodino miraba en silencio. Punteó la guitarra y su voz cortó el silencio:

Mujer traicionera…

—Tocas bien, Colodino.
Sin respuesta, Osório se despidió:
—Bueno, buenas noches. Mañana le mando el maíz.
—Mándelo sin falta, coronelito… Que Dios lo acompañe.
Magnólia no apartaba la mirada del suelo. La vela que iluminaba la imagen de San Juan se apagó y encendieron un farol que volvía las sombras deformes, fantasmagóricas. Colodino llegaba a casa y no hablaba. Se acostaba enseguida, pero no dormía. Los sapos en el riachuelo, la lluvia en el tejado y los ronquidos de Honório.

* * *

El *manuê* quedó hermoso, dorado por el horno. Doña Júlia lo probó y afirmó que estaba a punto. Magnólia se puso el mejor vestido de percal y fue a llevarlo. Yo guardaba racimos de plátanos en la antecocina cuando ella entró.

–Buen día, *sergipano*.

–Buen día, Magnólia.

–¿Está doña Arlinda?

–Sí.

Apareció Mária.

–¡Ah! ¿Es el *manuê* de Osório? Entra…

Magnólia entró. Osório le dio las gracias:

–¿Cuánto te debo?

–No es nada, lo hice por gusto, doctor Osório. –Y Magnólia miraba el suelo y retorcía la punta del vestido.

–Entonces no lo quiero… Por lo menos, acepta un regalo mío…

Regresó al cuarto con un paquete.

–En pago por tu trabajo…

Magnólia balbuceaba agradecimientos.

–¿Ya te vas?

–Sí, tengo cosas que hacer en casa…

–Te acompaño.

Salieron los dos. Osório contando historias. Magnólia reía. Se levantó el vestido hasta la mitad de los muslos para cruzar el charco que había frente al economato, donde los cerdos chapoteaban. Osório dijo algo que la hizo sonrojarse y bajarse el vestido. Magnólia ni se acordaba de la calle del Barro.

* * *

Hacía tres días que la lluvia no paraba. Nosotros trabajábamos bajo los aguaceros. Los tendales estaban cerrados; el cacao se secaba en las estufas. Magnólia se enfermó de gripe, y Osório hasta mandó traer de Pirangi los medicamentos. La guitarra de Colodino había callado, y él continuaba aserrando madera. A fin de mes hizo cuentas con João Vermelho y retiró su saldo.

—¿Te vas de la hacienda?

—No. Es que tengo que pagar unas cosas…

Magnólia se había restablecido y el lunes volvería a trabajar.

Pero no volvió, ni tampoco Colodino.

* * *

Cuando, a las cuatro de la tarde del sábado, Colodino dejó el trabajo, Nilo, que lo ayudaba, le preguntó:

—¿Adónde vas?

—Allá…

Nilo sonrió. Colodino iba a ver a la novia. Ella debía de estar sola, porque doña Júlia trabajaba en la recolección. Pero no lo estaba. Osório le hacía compañía. En la cama tosca ninguno de los dos percibió los pasos del carpintero. Nilo oyó gritos. Corrió. La cara de Osório cortada por un tajo grande. Las gafas destrozadas. Colodino le pegaba con el machete. La sangre corría. En las plantaciones no se oía nada. Los gritos de Osório no llegaban hasta ahí. Colodino se cansó y dejó de golpear. Nilo miraba. Después dijo:

–Es lo que te mereces, cabrón.

Magnólia, con camisón, en un rincón, era María Magdalena deshecha en lágrimas. Colodino escupió.

–Puta.

Nilo salió con él.

–Huye, Colodino. Escóndete en la casa del viejo Valentim.

El tajo de la cara de Osório no desapareció nunca. La calle del Barro se tragó a Magnólia y el cuadro de San Juan.

Conciencia de clase

Por primera vez, desde que vivía en la hacienda, fui a Pirangi a caballo, a buscar un médico para que viera a Osório. En Pirangi tergiversaban el hecho de diversas maneras. Unos aseguraban que el coronel había sido asesinado, otros juraban que a Osório le habían pegado un tiro. Cuando salió el médico, después de las curaciones necesarias, venía cayendo la noche. Mandaron llamar a Honório. En nuestra casa dominaba el silencio. João Grilo no contaba anécdotas ni Honório se reía. La ropa de Colodino había desaparecido como por arte de magia. Pregunté con los ojos. João Grilo respondió con un susurro:

—Está en la casa del viejo Valentim. Por la noche se va a internar en el monte, hacia Itabuna, y de ahí, si te he visto no me acuerdo…

—Si lo agarran aquí no va a quedar ni rastro.

—Debe de ser para eso que te mandaron llamar, Honório.

—¿Me llamaron? —Honório se rió—. Ya voy. Es mejor que sea yo el que vaya a hacer el trabajo.

João Grilo y yo sonreímos. Salí con Honório. La conversación en la casa grande fue secreta. Pero cuando volvimos, Honório nos contó (su voz sonaba de una manera rara en la oscuridad; recordé la voz de Roberto en mi noche de hambre en Ilhéus):

—Me pagan quinientos *mil-réis* para liquidar a Colodino...

—¿Y?

—Acepté, claro... Quinientos...

João Grilo se rió desde su cama. Honório preguntó:

—¿Vamos para allá?

—Vamos.

La noche era oscura, y nosotros sin farol. Fuimos tanteando por el monte. La casa del viejo Valentim estaba escondida detrás de las plantaciones. Honório golpeó. Valentim se despertó.

—¿Quién es?

—Honório.

Valentim abrió la puerta con el rifle en la mano. Honório se burló:

—¿Es de madera agujereada, viejo?

Entramos. Apareció Colodino y nos estrechó la mano.

—¿Adónde te vas a ir? —le pregunté.

—A Río.

—¿Rio do Braço? —se asombró João Grilo.

—No. Río de Janeiro. Siempre fue mi sueño...

—¿Y cómo lo vas a hacer?

—Me meto en el monte, salgo a Pirangi, y de ahí sigo a pie hasta Ilhéus. Allá me escondo en la casa de Álvaro. No salgo hasta el día en que tome el barco.

—¿Y el pasaje?

—Álvaro se encarga de todo. Yo salgo solamente para embarcar…

—No vayas por Pirangi –intervino Honório–. Algemiro te va a tender una emboscada en el camino. Toma por Itabuna.

—¿Y en el camino a Itabuna no va a haber nadie?

—Sí. Un servidor. –Honório se reía fuerte con sus dientes blancos, brillantes.

—¿Cuánto vas a perder, Honório?

—Quinientos grandes… Pero no me importa…

Colodino nos abrazó y me prometió:

—Cuando esté en Río te voy a escribir, *sergipano*.

—¿Tienes dinero? –interrogaba João Grilo.

—Retiré mi saldo a fin de mes.

Honório partió con el rifle para tender la emboscada. Colodino le dio un largo abrazo. Él le avisó:

—En cuanto te tenga adelante te disparo. Pero ahora mi puntería ya no es tan buena… El coronel me va a maldecir como si fuera el diablo. Pero las maldiciones de un buitre viejo no afectan a un caballo joven…

El bulto desapareció en la negrura de la noche. Un rato después Colodino se despidió. El lío de ropa al hombro, el farol en la mano, el revólver en la cintura.

Nosotros sentíamos el corazón oprimido. Se iba el que más sabía de todos nosotros, el que adivinaba. Las lechuzas en los árboles. El brillo extraño del farol. El barro del camino. Se fue. Yo lo acompañé durante un buen trecho. Seguíamos callados. Al fin Colodino habló:

—*Sergipano*, me voy a Río, y desde allí te escribo. Creo que allí tendrán respuestas para nuestras preguntas.

—Manda carta, Colodino.

Sacó algo del bolsillo. Un pañuelo bordado, hecho por Magnólia.

—Entrégaselo a ella…

—Pobre…

—Lo único que lamento es no haber matado a Osório. Pero ese tajo le va a quedar, ¿no te parece?

—Vaya que le va a quedar…

Nos despedimos. Él prosiguió. En medio de la noche, gritos de animales. Los sapos croaban. A lo lejos se oyó un disparo. La luz encendida en la sala del coronel se apagó. Honório volvió a casa, la misma sonrisa.

—Están rabiosos porque no liquidé a Colodino.

—¿Qué le dijiste?

—Que me falló la puntería…

—¿Por qué no mataste a Colodino? ¿Le tenías simpatía?

—Me caía bien… Pero no lo liquidé porque era un «alquilado», como nosotros. Matar coroneles está bien, pero yo no mato trabajadores. No soy traidor…

Sólo mucho tiempo después supe que el gesto de Honório no se llamaba generosidad. Tenía un nombre más hermoso: conciencia de clase.

Definición

Le conté el caso a Antonieta cuando fui a Pirangi. Magnólia andaba por la calle del Barro, muy solicitada, debido a su reciente desfloración.

Doña Júlia la había maldecido con toda clase de desgracias.

—Dios te castigue, perdida. Que peste, hambre y guerra acompañen tu camino, desecho. Ahora vete a tumbarte debajo de los machos. No podías esperar a tu novio, estabas muy impaciente... Que la lepra se te pegue al cuerpo.

Y ni siquiera una palabra sobre Osório, que se restablecía en la hacienda. Antonieta tuvo una única frase, un comentario, una definición, que es la mejor que oí hasta hoy:

—Ese Osório... es el último sobrante del enema que expulsa el culo...

Correspondencia

La familia del coronel volvió a Ilhéus a principios de julio. Osório se había recuperado. Sólo el tajo en la cara seguía cruzándole todo ese lado. Pasaron el dos de julio en Pirangi. Hubo una gran celebración. Mária recitó a Castro Alves, y el poeta, amigo de Osório, pronunció un discurso sobre el analfabetismo. Ese discurso me dio la idea de reunir algunas cartas de trabajadores y prostitutas para publicarlas algún día. Después, ya en Río de Janeiro, al releerlas, pensé en escribir un libro. Así nació *Cacao*. No es un libro hermoso, de buena prosa, sin repetición de palabras. Es cierto que ahora soy obrero tipógrafo, leo mucho y aprendí algunas cosas. Pero, aun así, mi vocabulario sigue siendo escaso y mis compañeros de trabajo también me llaman *sergipano,* a pesar de que me llamo José Cordeiro.

Además, no tuve preocupaciones literarias al componer estas páginas. Traté de contar la vida de los trabajadores de las haciendas de cacao. No sé si desvirtué esta labor al relatar mi historia con la hija del patrón. Pero eso entró en el libro de forma natural, a pesar de no haberlo invitado. Tal vez algún día vuelva a las haciendas de cacao. Hoy tengo algo para enseñar. Si no vuelvo, volverá Colodino. Ahora pasemos a las cartas:

Carta que me envió Antonieta:

Mi siempre recordado José. Un besote desde lejos, por qué no viniste hayer, ya te estas olvidando de m, no hagas eso mi vida, te pido que cuando puedas me mandes 10.000 mil-réis, porque estoy apremiada para hacer un pago, no teniendo otro camarada por acá, como ya sabes, soy nueva en Pirangi por eso espero que no me tomes ha mal, y ni tampoco dejes de ayudarme, siempre tuya.

Antonieta

Nota de Zefa a Honório:

Honório:
　Hayer pasaste por acá. Yo te chiflé y tú contestaste con el trasero. Las cosas son así. El que tiene flores da flores; el que no tiene no las da.
　Va la foto que me diste.
　Dásela a otra. Siempre tuya.

Zefa

Carta de Elpídio de Oliveira (trabajador) a Mária Canota (prostituta):

Maria Canota:
estimo que esta te vaencontrar conperfeta Salud y todos losdeayá esten mui contesntos desaber quel dia 14 de diciembre Ya habias conseguido un nuevo amante por este motivo te mando las felicitaciones estimo que seas felis y estoy siempre a Tus orden este que mucho testima lapas dedios este con ti Siempre tuyo si quisieras escribir la diresion es hacienda Fraternidad.

Elpídio de Oliveira

Carta de Algemiro al coronel (dictada por Algemiro y escrita por mí):

Coronel Manoel:
Salud con los suyos, en la Gracia de Dios. Hoy le mandé el carnero y el cerdo. Fueron con Agnelo. El sinvergüenza de Colodino parece que se escapó. Las plantaciones están pidiendo poda. Bajó un carro de cacao.

Sin más, tengo que decirle que mi hermano José le disparó hayer a una mujer de la vida y después se disparó él.

A su servicio, agradecido, atento, siempre a sus órdenes,

Algemiro

Carta que me mandó Colodino:

Río, 12 de septiembre de 193…
Sergipano:
Estoy en Río, ya conseguí trabajo. ¿Cómo andan los camaradas por allá? ¿El coronel se puso furioso porque Honório no me mató?

Vente para acá, sergipano. Aquí se aprende mucho. Hay respuestas para lo que nos preguntábamos allá. No sé explicarlo bien. ¿Oíste hablar de lucha de clases? Porque existe la lucha de clases. Las clases son los coroneles y los trabajadores. Ven, y lo vas a saber todo. Y algún día podemos volver y enseñarles a los demás.

Un abrazo a los conocidos,

Colodino

Nota (o poema) de Celina a João Grilo:

Mi amorcito me gustas mucho mi queridito me gustas mucho teamo hasta el fondo de tu corazón, ¿no eres muy lindo?
Mi bien me gustan mucho tus besos.

Celina Cordeiro
día 20

Para qué alfabetizar a esas criaturas, si el doctor Luíz Seabra, abogado, escribía cartas como ésta:

Pirangi, 5 de diciembre de 193…

Recordado y muy querido amigo Sebastião:

Es con el alma regocijada de júbilo, y el corazón desbordante de placer que dispongo de este cálamo sagrado, con el fin de darte noticias mías y ancioso de recibirlas de mi inolvidable amigo de la infancia.

Cada palabra, y cada frase formada en este momento se tiñe de un sentido recuerdo, añorando esos verdes años de la infancia, cuando juntos resumíamos nuestra vida en juegos pueriles. Vida que no estaba aún agitada por la ebullición de la lucha, ni tampoco asediada por los revezes y sinsabores del destino. Jamás podrá desvanecerse de mi alma el recuerdo y la añoranza de aquel, que muchas veces me sirvió de aliento y consuelo, y también de ejemplo.

Hoy que las distancias nos separan, pero los espíritus siguen unidos, porque no puedo olvidarme de ti, y estoy seguro que también te sucede lo mismo.

Y así, a pesar de las vicisitudes y disgustos, habremos de escalar paso a paso el Tabor de la lucha para la conquista de nuestro ideal.

En cuanto a tu ideal, está casi conquistado, pues dentro de pocos días te unirás por los lazos sagrados de Himeneo a la elegida de tu corazón, porque según me decías siempre era lo mayor a que aspirabas en la vida…

Me da muchísima pena haber perdido el resto de esta carta.

Huelga

Tengo que volver atrás para decir que cuando la familia del coronel se fue a Ilhéus, Mária y yo habíamos llegado a ser buenos camaradas.

Este libro no tiene continuidad. Pero en realidad no tiene argumento propiamente dicho, y estos recuerdos de la vida en las plantaciones los voy plasmando en el papel a medida que me vienen a la memoria. Antes de empezar *Cacao* leí algunas novelas, y me doy cuenta de que este libro no se les parece en nada. Pero así quedará. Sólo quise contar la vida en las plantaciones. A veces tuve el impulso de hacer panfletos y poemas. Tal vez ni siquiera una novela habría salido.

Pero como iba diciendo, Mária dejó de humillarme y pasó a conversar conmigo sobre la gran literatura. Muchas cosas no las entendía. Ella quería hacer de mí un buen católico y me atraía poniéndome como señuelo el cargo de capataz. Yo sólo pensaba en sus ojos y en su pelo rubio.

Al final se fueron. Desde el vagón Mária me despedía agitando el pañuelo.

Por la noche reflexioné sobre el asunto y me sentí un idiota. Mária me gustaba, y algo me decía que yo no le era indiferente. Pero no podía ser… Yo era un trabajador, simple «alquilado», con tres mil quinientos *réis* por día, unos pantalones baratos, uñas sucias y manos callosas. Era verdad que Antonieta se había enamorado de mí. Sin embargo, Antonieta no pasaba de ser una prostituta de última clase. Mária no. Mária era hija del patrón, del hombre más rico del sur del estado, el rey del cacao, y a lo menos que podía aspirar se reducía a un cargo de diputado, con automóviles, palacetes, Río de Janeiro y viajes a los cabarés de Europa. Y lo peor es que yo alimentaba la esperanza de que ella fuera la esposa de un trabajador. En parte, recordaba a Colodino y no quería hacerme rico. Que fuera ella, si quería, la que viniera a ser la mujer de un «alquilado»…

Cuando terminé de pensar todo esto me reí tanto que João Grilo se alarmó.

—¿Te volviste loco, *sergipano*?

Yo me reía, me reía. Juro que no tenía ganas de llorar.

* * *

Nilo se había ido de la hacienda y ahora trabajaba para el coronel Domingos Reis, en una propiedad distante. Unos *cearenses* inmigrados se habían «alquilado» a Mané Frajelo y uno de ellos vivía con nosotros. Contaba escenas dramáticas de la sequía. La tragedia del nordeste ya no me impresionaba. La voz del *cearense* sí me impresionaba. Una voz tranquila, resignada, perezosa. En las horas libres fabricaba redes, que vendía a buen precio en Pirangi. Apenas acababa de llegar y ya pensaba en regresar.

–En cuanto mejore la sequía…

Su guitarra reemplazó la de Colodino. Y echábamos de menos al camarada que se había ido y había prometido volver para contarnos lo que aprendiera. Nuestra esperanza crecía.

–Algún día…

* * *

El precio del cacao empezó a caer. Se desvalorizó, y el coronel andaba hecho una fiera. Despidió a trabajadores y nosotros, los que quedamos, trabajábamos como burros. Nos amenazaba con bajarnos el salario. Los productos del economato habían subido de precio. Adiós saldo a favor. Solamente Honório lograba sacarle dinero al coronel. Aun así, desde la fuga de Colodino carecía de los mismos privilegios. João Vermelho nos trataba con aspereza, y Algemiro recorría las plantaciones gritando para que trabajáramos más.

Un día, al fin, bajaron los salarios a tres *mil-réis*. Yo encabecé la revuelta. No volveríamos a las plantaciones. Acordamos todo durante la noche, en la casa del viejo Valentim, que estaba cada vez más viejo; las arrugas trazaban bajorrelieves en el fondo negro del rostro. João Grilo fue el último en llegar. Venía de Pirangi y cuando conoció nuestro plan nos desanimó.

–Ni lo piensen… Llegaron más de trescientos inmigrantes que trabajan por cualquier dinero… Y nosotros nos vamos a morir de hambre.

–Estamos vencidos antes de empezar a luchar.

–Nosotros ya nacemos vencidos… –sentenció Valentim.

Bajamos la cabeza. Y al otro día volvimos al trabajo con quinientos *réis* menos.

La crisis

Nos arrastramos así hasta que terminó la cosecha. La crisis del cacao parecía no querer terminar. Cuando se produjo la bajada de los precios, despidieron nuevas levas de trabajadores y quedamos sólo los absolutamente necesarios para la poda y la limpieza de las plantaciones. Estábamos todavía más miserables, sucios y harapientos y maldecíamos nuestra suerte.

Un día vino un individuo a blanquear el frente de la casa grande. Supimos entonces que la familia del coronel regresaba a la hacienda, donde se realizarían las magníficas fiestas conmemorativas de la graduación de Osório y del noviazgo de Mária.

El noviazgo de Mária… Ese poeta que había venido a la hacienda para las fiestas de San Juan se graduó junto con Osório y pidió la mano de Mária. Ella aceptó, y por eso habría fiesta a lo grande. Me reí de mí mismo.

Cuando llegaron, yo estaba sentado en una piedra frente al almacén. Otros trabajadores charlaban, mientras Antônio Barriguinha azuzaba a los burros que traían el equipaje.

–Burro del demonio… peste…

El coronel dio las buenas tardes. Doña Arlinda ni nos miró. El saludo de Mária se dirigió sólo a mí:

–¿Cómo andas, *sergipano*?

–Bien, doña Mária.

El novio y Osório tardarían algunos días en llegar. Andaban de juerga, vestidos con togas y trajes a rayas, doctorales, por los prostíbulos elegantes de Bahía.

Ese día el sol estaba tan deslumbrante que daba envidia. Los campos hermosos con las vacas y las ovejas. El jardín de la casa grande resplandecía con flores de las más diversas, amarillas y rojas, blancas y violáceas.

Los árboles de cacao balanceaban las hojas, los troncos, desnudos de frutos, empezaban a cubrirse de flores. El pelo rubio de Mária recordaba el oro de los frutos maduros de cacao.

* * *

De nuevo me pusieron «a disposición» de la familia. Y por la tarde Mária me avisó:

–Quiero hablar contigo.

–…

–Aquí no. Vamos debajo del árbol de *jaca*.

Fuimos silenciosos. Yo estaba amedrentado. Mária juntaba flores silvestres por el camino. Se sentó.

—¿Sabes que estoy de novia?
—Felicidades.
—¿Es todo lo que tienes que decirme?

Era una provocación. Entonces le dije todo. Maldije el cacao y a mí mismo. Ella sólo preguntó:

—¿Y ahora?

Ante mi silencio, confesó en voz baja:

—A mí también me gustas. Tú sí eres un hombre… Mi novio es un simple petimetre…

* * *

No sé si sólo fue ilusión. Pero el sabor de los labios de Mária recordaba el sabor prohibido de la melaza de las semillas del cacao. Cuántos besos fueron, tampoco lo sé…

* * *

—¿Y ahora? —preguntaba ella otra vez.
—Yo soy un «alquilado». Gano tres *mil-réis* por día.
—No hables de eso.

Actuó como una mujer fuerte.

—Haremos lo irremediable. Papá trepará a las nubes, pero no hay remedio. Se resignará… Te regalará una plantación, serás patrón.

Agaché la cabeza mirando al suelo. Estrujaba hojas con la mano. A lo lejos, por el camino, pasó Honório con la hoz al hombro. Me decidí:

—No, Mária. Sigo siendo un trabajador. Si tú quisieras ser la mujer de un «alquilado»…

Hizo un mohín desdeñoso y se levantó. Yo me quedé sentado.

* * *

Pura coincidencia, pero aquel día me llegó otra carta de Colodino. Volvía a hablar de la lucha de clases y me pedía que fuera. Hice mis cuentas con João Vermelho, retiré ciento ochenta *mil-réis*, saldo de dos años, y preparé mi atado de ropa.

Amor

Al día siguiente me despedí de los camaradas. El viento mecía los campos y por primera vez sentí la belleza del lugar.

Miré sin nostalgia hacia la casa grande. El amor por mi clase, por los trabajadores y obreros, amor humano y grande, mataría el amor mezquino por la hija del patrón. Yo pensaba así, y con razón.

En la curva del camino me di vuelta. Honório me saludaba con su mano enorme. En la galería de la casa grande el viento agitaba el pelo rubio de Mária.

Yo partía a la lucha con el corazón limpio y feliz.

FIN

Pirangi-diciembre de 1932
Aracaju-febrero de 1933
Río de Janeiro-junio de 1933

Glosario

Abará: Especie de croqueta hecha con porotos (*feijão*) cocidos y prensados, adobada con camarón, pimienta, cebolla y aceite de *dendê*, cocida al baño de María, envuelta en hojas de plátano.

Acaçá: Plato ritual del *candomblé* y típico de Bahía; son unas pequeñas albóndigas de maíz blanco o amarillo, rallado o molido, que se cuece hasta que queda gelatinoso y se envuelve en porciones, todavía calientes, en hojas de plátano especialmente preparadas.

Acarajé: Uno de los platos tradicionales de la cocina bahiana. Es una especie de croqueta hecha con masa de *feijão-fradinho* (poroto amarillento, con una línea blanca y otra oscura) cocido y prensado, frita en aceite de *dendê*, que se sirve con salsa picante, cebolla y camarón.

Aipim: Tipo de mandioca, de sabor dulzón.

Antônio Conselheiro: Antônio Vicente Mendes Maciel, llamado *O Conselheiro* (El Consejero) (1830-1897). Peregrino, místico y agitador convertido en líder espontáneo, figura carismática, defensor de pobres y esclavos, la fama de cuyas prédicas se difundió por todo el sertón brasileño. Hostilizado por la Iglesia, que no toleraba su popularidad, resolvió, en 1893, aislarse con sus seguidores en la paupérrima aldea de Canudos, en el interior de Bahía, donde formó una suerte de pequeño Estado. Este movimiento de cuño religioso pronto adquirió tintes políticos y, cuando el gobierno lo declaró subversivo, desató la guerra de Canudos (1896-1897), una de las más sangrientas rebeliones populares de la historia de Brasil.

Bacuraus em folia: «*Bacurau*» es un ave común, pero también designa a un individuo que acostumbra salir de noche. «*Folia*» significa, de manera general, una juerga bulliciosa, y en particular el espíritu de diversión y alegría de ciertos grupos de gente en festejos tradicionales como las fiestas de San Juan y otras. Así, «*Bacuraus em Folia*» podría traducirse libremente como «Noctámbulos de Parranda».

Bahiano/a: De *baiano/a*, gentilicio de Bahía en portugués (perteneciente o relativo al estado o la ciudad de Bahía). Como no tiene equivalente en español, se ha optado por castellanizar el término brasileño.

Berimbau: Instrumento de percusión de origen africano. Se compone de una vara de madera tensada por un alambre, que tiene como caja de resonancia una calabaza cortada situada en un extremo.

Caboclo Corisco (literalmente, «el mestizo Relámpago»; también conocido como Capitán Corisco, el Diablo Rubio, el Alemán)*:* Cristino Gomes da Silva Cleto (1907-1940), uno de los *cangaçeiros* más terribles y crueles (tanta fue su fama que su cabeza estuvo expuesta al público hasta 1969 en el museo Nina Rodrigues, en Salvador de Bahía). A los 19 años se unió al grupo de Lampião, el más famoso *cangaçeiro*; luego se separó,

Glosario

convertido en un líder importante, y tras la muerte de Lampião quedó como el único líder del *cangaço*, cuyo ciclo terminó definitivamente con la muerte de Corisco.

Caboclo: Mestizo de blanco con indígena.

Caboquinho (o caboclinho): Denominación de varios pájaros del Brasil septentrional y oriental.

Candomblé: A grandes rasgos, los cultos y ritos religiosos heredados de los negros africanos del grupo *jeje-nagô* de Bahía, mantenidos hasta la actualidad por sus descendientes.

Cangaçeiro: Bandido o cuatrero, que iba siempre fuertemente armado. El término deriva de *cangaço*.

Cangaço: La forma de vida o la actividad criminal de los *cangaçeiros,* bandoleros ambulantes del sertón que asolaron las tierras agrestes y semiáridas del norte de Brasil durante un período que se extendió, de manera aproximada, desde 1900 hasta 1940.

Canjica: Papilla de consistencia cremosa preparada con maíz rallado, al que se agrega leche común o de coco y se espolvorea con canela.

Canudos, guerra o rebelión de: Movimiento político-religioso que tuvo lugar en un pueblo el nordeste de Bahía, Canudos, liderado por el beato Antônio Vicente Mendes Maciel, conocido como Antônio Conselheiro (Antonio el Consejero), que resistió al gobierno entre 1896 y 1897 al frente de más de treinta mil seguidores, a los que imponía un férreo acatamiento de la moral católica. Este suceso histórico representó la lucha librada por miles de campesinos *(sertanejos)*, empobrecidos de manera extrema por la falta de trabajo, el hambre y, sobre todo, por la indiferencia del poder central. Al cabo de cuatro intensos combates, los seguidores de Conselheiro fueron cercados por las tropas oficiales, que incendiaron Canudos y causaron la muerte de casi todos los habitantes.

Cearense: Gentilicio brasileño: perteneciente o relativo al estado de Ceará (capital: Fortaleza), de la región Nordeste del país, que limita con el océano Atlántico y los estados de Rio Grande do Norte, Paraíba, Pernambuco y Piauí.

Coco: Danza popular grupal, originaria de Alagoas, acompañada por canto y percusión.

Conto, conto de réis: Un millar de *mil-réis*.

Coronel: Caudillo, jefe político, en general patrón, dueño de tierras, del interior de Brasil.

Dendê: Fruto del *dendezeiro*, palma africana (*Elaesis guineensis*) de cuyos frutos –de color amarillo rojizo o anaranjados cuando están maduros– se extrae aceite de dos calidades: uno de la pulpa y otro del carozo; este último, de olor fuerte, se utiliza mucho en la preparación de comidas-ofrendas para las divinidades del *candomblé* y en la cocina típica de Bahía y el norte de Brasil.

Despacho: En los cultos afrobrasileños, acción de depositar en un determinado lugar (cascadas, ríos, montes, encrucijadas, calles, caminos, etcétera) las ofrendas a los *orixás* (personificaciones divinizadas de las fuerzas naturales, deidades intermediarias entre los dioses y los seres humanos). Estas ofrendas se hacen con la finalidad de ganarse la buena voluntad de las divinidades, buscando que se cumpla alguna petición o para agradecer una gracia alcanzada.

Dos de julio: Celebración de la independencia del Estado en Salvador de Bahía.

Empreitada: Trabajo a destajo, obra o tarea que se ajusta por un precio total, a diferencia de la que se hace por jornal.

Empreiteiro: El que trabaja según el sistema de *empreitada*.
Feijão: Poroto (o judía), base de la *feijoada*. En Brasil existen muchas variedades, que se cultivan y emplean según la región.
Feijoada: Plato típico nacional de Brasil, preparado con *feijão* (poroto o judía), en general negro, con tocino, carne seca y salada y diferentes salchichas y embutidos. Suele acompañárselo con arroz hervido, *farofa* (harina de mandioca tostada o frita con manteca o grasa, a veces mezclada con huevo, cebolla, carne, etc.) y *couve* (verdura de grandes hojas verdes, parecida a la acelga) cortada y salteada. En Bahía y otras regiones del Norte se prepara con *feijão branco* o *fradinho* y se acompaña con vegetales como *quiabo*, zapallo, tomate verde.
Fiesta de San Juan: La fiesta de San Juan (24 de junio) es típica de la región Nordeste de Brasil. Por ser una zona árida, se agradecen anualmente a San Juan, pero también a San Pedro, las lluvias caídas en los cultivos. Como es la época propicia para la cosecha del maíz, las comidas preparadas con este alimento, como la *canjica e a pamonha*, forman parte de los festejos. En general, el lugar donde se realiza la fiesta es decorado con banderines de papeles de colores, globos y hojas de cocotero. También se encienden hogueras (vestigio de antiguas tradiciones paganas europeas) y se sueltan al aire globos de papel con fuego dentro, que, según la tradición, sirven para despertar a San Juan Bautista.
Grapiúna: Perteneciente o relativo a la región cacaotera del sur del estado de Bahía, sus habitantes y sus costumbres y hábitos de vida.
Jaca: Fruto de la *jaqueira* (*Artocarpus integra*), árbol de la familia de las moráceas, originario de Asia e introducido en Brasil en el siglo XVIII. Es una fruta enorme, que llega a pesar hasta 15 kilos, de forma ovalada o redondeada,

de superficie áspera, con pequeñas prominencias; cuando madura, su interior es amarillo y está formado por gajos, cada uno de los cuales contiene un gran carozo recubierto por una pulpa comestible cremosa, viscosa y muy perfumada. Se lo consume de manera natural o en dulces, jaleas y jugos.

Jiló: Fruto del *jiloeiro (Solanum gilo)*, planta herbácea anual de la familia de las solanáceas, de origen dudoso, tal vez africano, muy cultivada en Brasil. Es una baya roja, comestible, de acentuado sabor amargo. Debe consumirse antes de que madure, y siempre cocida.

João do Telhado (también José o Zé do Telado)*:* Apodo de José Teixeira da Silva (1818-1875), famoso salteador de caminos portugués que, al frente de un grupo de seguidores, llevó a cabo numerosos asaltos en todo el norte de Portugal entre 1842 y 1859. Se lo conoce por «robar a los ricos para dar a los pobres» y por ello se le considera, en el folclore popular, el Robin Hood portugués. En 1859, cuando intentaba huir a Brasil, fue apresado y encarcelado; en la prisión conoció a Camilo Castelo Branco, que recogió en sus *Memórias do cárcere* las conversaciones mantenidas entre ambos.

Jurema: Bebida muy popular en Brasil, elaborada con la corteza y las raíces del arbusto del mismo nombre (cuyas especies responden a diversas denominaciones científicas), muy abundante en el litoral brasileño y considerado desde tiempos remotos como «árbol sagrado». Algunos atribuyen a esta bebida poderes alucinógenos, e incluso afrodisíacos. Hasta el siglo XIX, beber *jurema* era sinónimo de hechicería o práctica de magia, pues era el vino sagrado más usado por los indígenas, que creían que el que lo probaba tendría visiones del Más Allá, pues permitía a los seres humanos entrar en contacto con el mundo espiritual y sus habitantes.

Lampião: Virgolino Ferreira da Silva, nacido el 4 de junio de 1898 en el municipio de Vila Bela, Pernambuco. Mezcla de bandido y justiciero, asesino y héroe, fue el más famoso *cangaçeiro* del sertón del Nordeste de Brasil. Se unió al *cangaço* a los 21 años, dispuesto a hacer justicia después de que su familia fuera perseguida y su padre muerto por «coroneles». En sus andanzas por más de ocho estados, luchó contra las injusticias y el poder de los coroneles latifundistas, pero también sembró el terror. En la madrugada del 28 de julio de 1938, Lampião, su amante, María Bonita, y otros ocho *cangaçeiros* fueron muertos en una emboscada policial en una hacienda de Sergipe. Sus cabezas fueron llevadas a Bahía, donde se exhibieron durante años.

Lucas Evangelista *(1807-1847):* También conocido como Lucas da Feira, por haber nacido en Feira de Santana, Bahía. Hijo de esclavos, en 1922 (a los 15 años) huyó a esconderse en el monte, donde formó una banda de más de 30 hombres, dedicados a asaltar, asesinar y raptar muchachas. Tras ser perseguido, encarcelado y enjuiciado, murió ahorcado. Según algunos, fue un chivo expiatorio, ya que la historia de su vida pone en evidencia la arrogancia de los terratenientes y las autoridades de la época, así como su ascenso social y económico mediante el tráfico y la explotación de los negros traídos de África. Lucas da Feira se convirtió en un mito que aún hoy inspira tesis e investigaciones.

Macumba: Término genérico de ciertos cultos afrobrasileños de origen bantú, pero modificados por influencias amerindias, católicas, espiritistas y ocultistas. Sus creencias, que combinan diversos elementos religiosos, ponen un énfasis prioritario en ritos que incluyen la incorporación de espíritus.

Manuê (o manauê): Especie de torta elaborada con harina de maíz, miel y otros ingredientes.

Mil-réis: Unidad monetaria brasileña usada antes del 1º de noviembre de 1942, fecha en que fue reemplazada por el *cruzeiro* (un *mil-réis* = un *cruzeiro*; un *conto de réis* = 1.000 *cruzeiros*).

Mula sin cabeza *(mula-sem-cabeça* o *mula-de-padre):* Según una leyenda de origen dudoso, pero difundida en todo Brasil, es la concubina de un sacerdote (cura católico) que, metamorfoseada en una mula sin cabeza (en lugar de ésta tiene llamas de fuego), sale, ciertas noches, a cumplir su condena por el pecado cometido, corriendo desaforadamente, acompañada por el fúnebre tintinear de las cadenas que arrastra y asustando con su fuerte relincho a los supersticiosos.

Munguzá: Plato elaborado con granos de maíz, en general blanco, cocidos en un caldo azucarado, a veces con leche común o de coco, y espolvoreados con canela.

Muric: Designación común de numerosas especies del género *Byrsonima*, árboles y arbustos que producen un fruto amarillo y drupáceo del mismo nombre, con cuya pulpa, de sabor fuerte, se preparan dulces, jugos y licores.

Orixalá (u oxalá): En algunas creencias religiosas afrobrasileñas, como el *candomblé*, es el mayor de los *orixás* (personificaciones divinizadas de las fuerzas naturales, deidades intermediarias entre los dioses y los seres humanos), deidad andrógina, hija de Olorum (el dios supremo), que le encargó crear el mundo y los seres humanos. Simboliza las energías productivas de la naturaleza y el conocimiento empírico.

Pai-de-santo (o pai-de-terreiro): Jefe espiritual y administrador de una casa de *candomblé* o de ciertos centros de *umbanda*. También llamado *babalorixá*, *babaloxá*.

Pamonha: Especie de tortitas de maíz, leche de coco, manteca, azúcar y anís que se cocinan dentro de las hojas que envuelven la mazorca, en forma de ataditos.

Quiabo: Fruto del *quiabeiro (Hibiscus esculentus)*, planta herbácea leñosa de la familia de las malváceas, de origen africano, muy cultivada como hortaliza. Produce cápsulas verdes y alargadas, que se comen antes de que maduren, porque de lo contrario se endurecen. Se la utiliza en la elaboración de numerosos platos de las cocinas regionales de Brasil, en especial la de Bahía.

Recôncavo: Llamado también Recôncavo Baiano, es una extensa y fértil franja de tierras húmedas, transición entre la Bahía de Todos los Santos, la Costa do Dendê y el centro del estado. En el siglo XIX concentraba las actividades económicas más importantes de Bahía.

Samba: Danza cantada de origen africano, de compás binario y acompañamiento sincopado.

Sambar: Bailar la samba; también, bailar en general.

Santo jubiabá: Severino Manoel de Abreu (1886-1937), célebre *pai-de-santo*, uno de los más famosos de su época, líder religioso del *candomblé* del Morro da Cruz do Cosme, Bahía, en la década de 1930.

Sarapatel: Guiso de hígado, sangre, riñones, pulmón y corazón de cerdo o carnero, cocidos en su jugo, con abundante salsa y bien condimentado.

Sarará: *Mulato de cabello rubio o rojizo.*

Sergipano (o sergipense): Gentilicio brasileño: perteneciente o relativo al estado brasileño de Sergipe (capital: Aracaju), el más pequeño del país, situado al este, en la costa atlántica. Limita con los estados de Bahía y Alagoas.

Sertanejo: Habitante u oriundo del sertón. También se emplea este término para designar a los habitantes del interior del Brasil en general, así como a un conjunto de sentimientos, comportamientos y valores propios de un individuo perteneciente al sertón.

Sertón: Zona poco poblada y muy árida del norte de Brasil, en especial del interior de la parte noroccidental, donde perduran costumbres y tradiciones antiguas y prevalece la cría de ganado sobre la agricultura.

Surucucu apagafuegos: Uno de los nombres regionales de la serpiente *Lachesis muta*, muy venenosa y la mayor de América del Sur, actualmente amenazada de extinción.

Tostón: Antigua moneda brasileña de níquel, que equivalía a cien *réis*.

Urucungo: Véase *berimbau*.

Índice

Hacienda Fraternidad	11
Infancia	16
Viaje	27
«Alquilado»	28
Segunda clase	36
Héroe de la emboscada y el *cangaço*	48
Pirangi	55
La calle del Barro	68
Cacao	74
Jaca	88
El rey del cacao y la familia	96
La poetisa	108
Acarajé	117
Derecho penal	126
Conciencia de clase	133
Definición	138
Correspondencia	139
Huelga	144
La crisis	148
Amor	152
Glosario	153

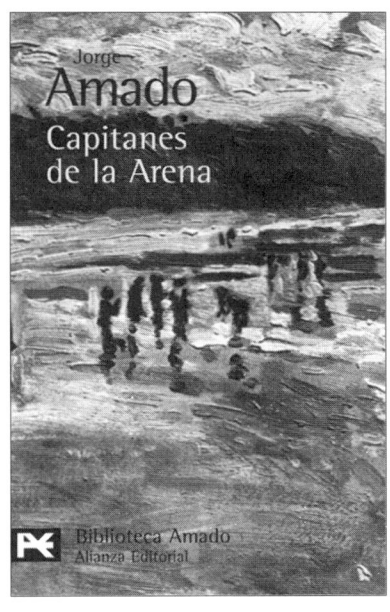

Jorge
Amado
Capitanes de la Arena

BA 0954

Novela situada en Salvador de Bahía, CAPITANES DE LA ARENA gira en torno a una banda de delincuentes de corta edad que, refugiados en una zona olvidada del puerto, asolan la ciudad. La caracterización que hace Jorge Amado de estos niños arrojados a la delincuencia, conocedores de los más sórdidos aspectos de la lucha por la existencia, es uno de los mayores logros del popular escritor brasileño. La picaresca y la ternura, la búsqueda de la supervivencia y el sentido de la solidaridad son rasgos sobresalientes de esta novela en la que se entreveran lirismo y crudeza.

Jorge
Amado
Sudor

BA 0952

Las novelas de Jorge Amado se distinguen por su cálida humanidad, su original humor y la riqueza de personajes, peripecias y ambientes de sus historias. Con SUDOR, el popular escritor brasileño inició su extensa serie de novelas que tienen como escenario el mundo popular de la ciudad de Bahía: vagabundos, mendigos, mujeres de la vida, obreros, vendedores ambulantes, lavanderas y un abigarrado conjunto de personajes marginales animan el colorido panorama urbano con sus luchas, sus sufrimientos y sus esperanzas cotidianas.

Jorge
Amado
Doña Flor y sus dos maridos

BA 0953

Inmenso retablo de las maravillas, homenaje a la vida y canto de libertad, DOÑA FLOR Y SUS DOS MARIDOS gira en torno al conflicto al que se ve enfrentada la protagonista cuando, viuda y casada en segundas nupcias con el pudoroso y circunspecto Teodoro, se ve requerida nuevamente desde el más allá por Vadinho, su anterior marido, holgazán, juerguista, enredador y fogoso amante. Contra un fondo sensual y colorido en el que lo maravilloso y lo cotidiano interactúan con toda naturalidad, el popular escritor brasileño Jorge Amado plasma en esta novela inolvidable y en su pintoresca galería de personajes todo el sabor, el humor y el encanto de la vida bahiana.